Zum Buchtitel

Die Frage: Dumm geboren? Das lässt sich nur bejahen. Dumm geboren wurden selbst die gescheitesten Frauen und Männer.
Nix dezu gelernt? Diese Frage ist schon schwieriger zu beantworten. Ich versuche es einmal zu ergründen.
Ein Kind erblickt das Licht der Welt. Völlig dumm. Das war auch bei mir so. Dann nahm mich schon in der ersten Lebensminute die Hebamme an meinen dünnen Beinchen, hob mich in die Höhe, es gab einen kräftigen Klaps hinten drauf. Bevor die Amme ein zweites mal zuschlagen konnte schrie ich laut auf und bekam keinen weiteren Klaps mehr. Schon hatte ich gelernt: Wenn dir was nicht passt, dann musst du schreien. Als nächstes lernte ich trinken und zwar so gut, dass ich es noch heute kann. Nach wenigen Wochen lernte ich: Willst du was sehen von der Welt, dann musst du den Kopf hochheben. So lernte ich stehen und laufen alles, als ich noch nicht denken konnte.
Doch dann kam ein entscheidender Tag. Es war der 30. Januar 1933. Ein gewisser Adolf Hitler – den ich nicht kannte, von dem ich nichts wusste, wurde Reichskanzler. Mir wäre das eigentlich egal gewesen, aber die Leute waren aus dem Häuschen. Fahnen wurden aus den Fenstern gehängt, Fackelzüge veranstaltet, es war eine riesige Freude, ein Jubel – unbeschreiblich. Ich habe natürlich mitgejubelt. Dieser Tag war der erste Tag in meinem dreieinhalbjährigen Leben, der mir heute noch in Erinnerung ist. (Dafür wurde gründlich gesorgt)
Dabei habe ich auch etwas gelernt. Doch dazu brauchte ich – wie viele andere auch – zwölf Jahre, dann wusste ich: Jubele nie – nur weil einer die Macht ergreift. Ich habe gelernt, dass man erst mal abwarten soll. Und dass der Satz von Jesus: An ihren Früchten sollt ihr sie erkennen, was in sich hat.
So habe ich selbst, durch den einst so hochgelobten Führer, etwas Vernünftiges gelernt. Obwohl man ansonsten nicht so viel von ihm gelernt haben sollte.

Aber ich habe in diesen Jahren noch mehr gelernt. Teils Brauchbares – teils Unnötiges. Zum Beispiel schreiben – das war unnnötig. Jawohl es stimmt. Man lernte mich die sogenannte deutsche Schrift, auch Sütterlinschrift genannt, zu schreiben. Die kann heute kaum noch jemand lesen. Würde ich meine Bücher in dieser Schrift verfassen, man könnte sie von der Druckerpresse weg direkt wieder einstampfen.
Dieses kurze Gedicht soll als Beispiel dienen:

Lern un schaff – und sei nie faul,
zahl dei Schteuer – un halt 's Maul,
Schaffe bringt alsmol was ei,
doch des muß net immer sei,
oft bringt 's nix – bei aller Hatz,
Pälzisch hääßts – 's war for die Katz.'
doch die hott ach keen Profit,
awwer gut – nimmscht jo nix mit,
drum – wammer mol schterwe soll,
schpielt des alles dann ken Roll.
Gehscht em Herrgott nett verlorn,
wann so dumm schtirbscht – wie geborn.

Ich hoffe, ihr könnt dies lesen.
Doch es erwies sich als sinnvoll, dass ich eine neue Schrift lesen und schreiben lernte, sonst könnte ich ja nicht Bücher schreiben. Lassen wir das. Die Frage ist: Habe ich überhaupt was dazu gelernt? Die Antwort ist eindeutig JA!
Nachdem ich die Dinge gelernt hab, die man instinktiv lernt, kam Neues auf mich zu. Manches lernte ich aus Erfahrung – anderes wurde mir beigebracht.
So lernte ich Seidenraupen züchten, Kartoffelkäfer aufsammeln. Auch schießen wurde mir beigebracht. Allerdings mit dem Hintergedanken, Menschen zu erschießen, was ich Gott sei Dank nie tuen musste. Doch Sperlinge (pfälzisch

Schpatze) zu schießen war in meiner Jugend ein sehr einträgliches Geschäft. Die Gemeinde zahlte für jeden erlegten Sperling zehn Pfennige. Da Straftaten verjähren, kann ich heute eingestehen: Der alte Polizeidiener hat meist nicht bemerkt, dass wir unsere Beute nicht wie befohlen auf den Misthaufen warfen, sondern über die Gartenmauer und im Winter oft bis zu zehn Mal abliefern konnten. Im Sommer ging es begreiflicherweise nicht so oft.
Schnell lernte ich so, dass man mit Tricks leichter Geld verdienen kann.
Doch auf Dauer konnte man sich mit Spatzen schießen nicht ernähren, das sah mein Vater ein und schickte mich, als 1945 kein Schulunterricht möglich war, in die Lehre zu einem Schlosser. Wohl kaum in der Hoffnung, dass dann was Vernünftiges aus mir werden würde, aber wegen der erhöhten Lebensmittelzuteilung. Schlosser galten als Schwerarbeiter und bekamen ein paar mehr Lebensmittel zugeteilt. Zu mindest auf dem Papier. Trotzdem Grund genug diesen Beruf zu ergreifen.
Was ich in der Schule ansonsten gelernt habe ist so wenig, dass man es getrost vernachlässigen konnte. Doch das Leben brachte mir allerhand bei. Und zwar so viel, dass ich es gar nicht aufzählen kann. Aber es reichte, mich und später meine Frau und dann noch meinen Sohn zu ernähren.
1971 kam dann ein Durchbruch. Ich konnte plötzlich etwas, was ich gar nicht gelernt habe. Gedichte verfassen. Diese gefielen den Leuten so gut, dass ich zuerst mein Gehalt und heute meine Rente etwas aufbessern konnte und kann.
Nun vollende ich mein achtzigstes Lebensjahr.
An sich keine Leistung – doch namhafte Kenner der Mundart haben mich in der Mundartmetropole Bockenheim für mein Lebenswerk mit dem Preis der Emichsburg geehrt. Und schon wurden die alten, Gedichte von mir verlangt. Gedichte, die seit Jahren gedruckt, nicht mehr zu haben sind. So habe ich mich entschlossen, den „alde Kääs“ der immer wieder verlangt wird, zum Teil in dieses Buch aufzunehmen.
Gemischt mit neuen Gedichten. Und ich war selbst erstaunt, wie aktuell doch Gedichte sein können, die teils vor mehr als dreißig Jahren entstanden sind.

Inhaltsverzeichnis

Mein erstes – für die Allgemeinheit verfasste Gedicht – zeigt meine Zuversicht in allen Lebenslagen

Die schäppe Füß

Ehr Leit ich kenn en feine Borsch,
en schtramme Kerl, dess is de Schorsch,
mit blonde Logge, breder Bruscht,
so was zu sehne is e Luscht.
Bloos ebbes, ebbes dess is mies,
dess is, de Schorsch hot schäbbe Füß
un denntwee danzt er ach net schää
un tritt de Mädcher uff die Zeh.
De Schorsch, dess is beschtimmt kenn Debb,
jedoch sei Füß sinn halt mol schäbb!
Drum hott er ach for lange Zeite,
zwar jedes Mädche kenne leide,
doch kennie wollt, dess is doch klaa(r)
mit schäbbe Füß zum Draualdaa(r).
Doch endlich, wie er negscht schun dreißisch,
do find er enni, sauwwer, fleißich,
die hott en dann ach ball erhört,
die schäbbe Füß henn die net gschtöört.
Un wie dann´s Schicksal halt so iss,
gibt´s Nochwuchs ball, - trotz schäbbe Füß.
Awwer ehr Leit, s´ is läder wohr,
en neie Kummer schteht bevor.

De Klabberschtorsch in sellre Nacht,
hott nämlich en Rekord gemacht,
un bringt dann grad uff der Schtazion
acht junge Müdder je een Sohn.
Des war vielleicht en arge Graus,
kee Hebamm kennt sich do meh aus,
unn denntwee glaabt de Schorsch am Enn,
dass ´se sein Bu verwechselt henn.
Der Buu, der wu sein ganze Schtolz,
der iss doch net aus seinem Holz!
Die Aache un die schwarze Hoor,
die kummen doch bei ihm net vor.
So zweifelt er, dagaus, dagei,
dess kann doch net sei Buuwel sei,
Un krieht debei in enem Johr,
for lauder Kummer grohe Hoor.
Doch noch me Johr, dess is halt so,
do fangt der Klee zu laafe oo
un wie er laafd sieht jeder Debb,
dem Kind sei Füß die sinn jo schäbb.

Ach Gott was hot der Schorsch e Glick,
jetzt sicht er jo sei Erbschaftsschdick.
Un was en dreißich Johr gedrickt,
dess hot en jetzert hochbeglückt.
Un drum ehr Leit, seid frohen Mutes,
selbscht schäbbe Füß die henn ehr Gutes.

Man zeichnete mich dafür im Bockenheimer Mundardichterwettstreit 1972 aus. Ein Jahr darauf stand ich wieder auf dem begehrten Treppchen, mit meinem Gedicht

´s Museum

Am vorledschte Samschdach -
wie´s so nass war un kalt.
do segt mei lieb Frääle, uff deitsch g´saat, mei Ald´
„Hobb Männel was hockscht do, bei Zeidung un Woi,
mach Ordnung im Schpeicher, des muss emol sei.“
Do hilft mer kee motzc, kee maule un schelte,
wann die Fraa ebbes segt, do hot´s ach zu gelte,
ich schlubb in mei Schlabbe, ich aldes Kanuff,
hau ab Richdung Schpeicher un raam emol uff.
Doch mei Fraa hot ach recht,
dann bei uns unnerm Dach,
schteht bloß uneedich Zeich rumm,
kabuttenes Sach.
Drumm schnapp´ ich mer Kischte
un Kaschte un Körb´
un naus mit dem Krembel, wu ald is un merb.

Betrachten denn Schrank do,
voll Schdaab un voll Dreck,
mit wormiche Löcher, der g´heert doch do weg,

denn krieht jetzt de Schperrmüll,
am Dunnerschdag frieh,
dann ab mit ins Schuttloch, do g´heert er ach hie.
Den raam ich jetzt aus un dann haag ich en zamme,
do fallt mer e Bild raus - mol doo, unser Mamme:
Mei Mudder als Mädche,
mit ´me Hut voller Blumme.
Wie is doo des Bild
in den Schrank bloos mol kumme?
Ei, was finn ich dann do, na jetzt is was los,
meim Grünschtadter Unkel
sei Schnuppduwakksdos´! -
Des glaabt mer jo keens un doch is es wohr,
die sucht die Verwandtschaft
schunn siwwezich Johr.
Die schtammt, wann ich recht wääß.
vum chinane Land,
der war als Soldat dort, beim Boxeruffschtand.

Was liegt dann do newe, mit re silwerne Kett?
De Tante Adele ehr aldes Lorchnett! -
Jetzt du ich mol suche, un was ich do finn,
verwachsene Klääder, vun all unsre Kinn!
E Eisebahnwächel, e Lok un e Schien
un dann vun de Oma die ald Pelerin.
Em Oba sei Batschkapp, sein Gogs un sei Hüt´,
´s fehlt bloos de Zylinder: wer hot dann den krieht?

E Päggel Babiergeld duh weiter ich finne,
do neewe e zwettes un noch enns ganz hinne,
des duh ich betrachte, Milljone Billjone,
ich duh jetzt nix saache, ich will Eich verschone.
Jetzt such ich halt weider, in Schrank un Komod´
schun widder e Bild. vun de Kuseler Good!
Die war der gemuschtert, vun owwe bis unne,
wenn wunnerts.
dass die so kenn Mann hot g´funne?

En Schteigbrief vum Nodär,
vum vorche Johrhunnert,
noch prima erhalde, des hot mich gewunnert.
E goldenes Herzel, an goldener Kett:
„In ewicher Treue, vun Deiner Babett .
Oh Jesses die Bawett, jetzt fallt se mer ei,
wu werd die heit wohne – wie ald werd die sei?
So such ich als weiter, in Truhe un Schränk,
finn Bilder vum Hitler,
do kriegscht doch die Kränk,
vum Kaiser, vum Könich,
vum Bismarck, vum Papscht,
die henn sich vertrache
un wann´d mers net glaabscht.

En Helm noch aus Ledder, mit owwe re Schpitz,
vum Vadder seim Bruder, ich glaab ´s war de Fritz.

Der is verzeh schun g´falle, in Metz oder wu,
do war der erscht achtzeh, des war noch en Bu.
Do liegt noch e Poschtkaard, ach Gott is die schee,
en Gruß aus Chiggago, die Welt is doch klee,
die is vun dem Unkel, do werscht doch verrickt,
der wu nooch´m Krieg
als die Päkkelcher g´schickt.
So raam ich un graam ich, bis schbeet in die Nacht,
do kummt dann mei Fraa ruff:
„Hoscht Ordnung gemacht?“
„O Jesses, du Simpel, des is doch net wohr,
des is jo noch schlimmer wie jemols defor!“
„Jo“, sag ich, „kumm, Aldi, un reg´ dich net uff,
was widd mit dem Schpeicher,
do kummt doch kenns nuff?“
Loss Kischte un Kaschte, Komode un Schränk,
Matratze un Sofa un Bilder un Bänk.
Gewiss es is Krembel, is Kruuscht un is Dreck,
doch s´ is noch vun frie´hr,
mer schmeissens net weg.
Mer henn dodefor, gell Fraa ´s is kenn Witz,
e eichnes Museum - Familiebesitz!”

Die Sparsamkeit unserer Vorfahren könnte uns manchmal ein Beispiel sein. Sie hatten keine Sorgen mit Klimawandel und brauchten keine Vorschrift aus Brüssel, dass sie Stromsparbirnen verwenden müssen.

De alde Winzer Kunrad Schaa.
der is schun Woche üwwel draa.
es geht bergab - geht hinnenunner,
mit zweejeneunzich ach kee Wunner.

Zwar hott er immer - wann ich sag,
noch g´schafft bis in die ledschte Dag.
sei Feld gebaut - mit eigene Händ,
doch jetzert - jetzert geht´s an ´s End.

Dann heit, do hot de Dokter g´saat:
„Fraa Kunrad, ´s is jo werklich schaad,
jedoch ehrn Mann - so is dess eewe,
der werd denn Ow´nd net üwwerleewe."

Jetzt hockt ´s do un greint un flennt
un ward halt uff em Schaa sei End.
Sie halt sei Hand - un halt ehr Schnut
un waart als bis er schterwe duht.

´s werd viere - fünfe - sechse - siewe,
die Gret is alsfort hocke bliwwe,
sie waart geduld ich an seim Bett,
de Schaa der schtirbt un schtirbt bloos net.
´s werd dunkel un die Nacht bricht aa,
do segt die Gret dann zu ehrm Schaa:
„Ich kann net hocke do - bis morche,
ich muss jetzt naus - muss Vieh versorehe.
Ich muss jetzt füttre - ich muss naus,
gell Schaa, wann´d schtirbscht,
mach´s Licht erscht aus!"

Dieses Gedicht nahm die liebenswerte Art „alles uffzuhewe“ auf die Schippe.

De alde Schrank

In unsrer Schtupp, dehääm bei mer,
do schteht en alder Sekrädär.
denn hab ich mol for langer Zeit,
im Dörfel kaaft - bei alde Leit.
Kenn Deiwwel hot en dort gewellt,
ich hab en kaaft un hab en g´schtellt,
dann erschtens war er dort net deier
un dann schtabiler wie en Neier.
Heit sinn so Sache - wie mer höört,
heit sinn se üwwerall begehrt,
un neilich hot uns enns besucht,
der wu so alder Krembel sucht.
Der wollt en kaafe jetzt, der Schote,
er hott en scheene Preis gebote,
hobb ab demit - hab ich gedenkt,
ich hätt en fascht als schun verschenkt.
Bloos jetzt - jetzt kam e groß Problem,
wuhie des Zeigs - bei uns dehääm,
des wu verdreckt un arch vergammelt,
so mit de Johre a sich sammelt.
Die alde Klääder - alde Fräck,
die schmeißt mei Fraa normal net weg,

die hebt se uff un mer is recht,
die Zeite wern a widder schlecht.
Dann Briefe - wu an sich net wichtich,
die sinn do drinn - dann des is richtich,
un sie sinn do - wann ebbes is
bloos ob se finnscht - is net gewiss.
´s is lauter Zeigs drin wu nix daucht,
un wu mer manchmol trotzdem braucht,
un wu em ach - des sag ich graad,
for wegzuschmeisse viel zu schad.
De alde Radio - beischpielsweis,
was hot der mol en schtolze Preis,
aus Edelholz - was hot der g´schtrahlt,
zwee Johr lang hemmer draa bezahlt.

Die gute alde Eisehäwwe,
die kammer nett em Schperrmüll gewwe,
de Göddle noch ehr Waschlavor,
des hemmer üwwer verzich Johr,
die Kucheblech henn zwar kenn Wert,
die bassen nimmie in de Herd.
die Messingknöpp, vum alde Bett,
die fortzuschmeiße geht doch nett.

Die gute alde Latwerrchglässser,
dann unser erschte Küchemesser,
de Karton vun de Hochzichtort,
so Sache schmeißt mer doch nett fort.

E aldes Vorhangschloss is do,
des war am Haseschtall mol droo,
de Schlüssel fehlt – des sag ich glei,
doch schunnscht – des Ding is fascht wie nei.
Es Brautbukett – de Hochzichschleier,
die Sache waren mol so deier,
des efach jetzt in ´s Schuttloch schmeiße,
nee – liewer deht ich mich verreise.

Es Essekännel vun meim Vatter,
vier Johrgäng „Kriegberichterstatter“,
e Dutt mit uffgerollter Schnur,
dann die kaputte Kücjheuhr.
De Eikochhawwe – fascht nix draa,
de Bubbeskrug vum Unkel Schah,
es Wellbrett vun de Urgroßmutter,
deLeinesack vor ´s Hasefutter,
de sinn doch lauter Sache – ehrlich,
die waren all mol u´entbehrlich.
Un deier war des – irgendwann,
des fortzuschmeiße wär e Schann.

Vum Opa alle Ordensschnalle,
zwee ausgediente Rattefalle,
e Pickelhaub vum erschte Krieg,
e Buch – betitelt: „Heil un Sieg“.
Korzum – meer henn en Haufe Sache,
die könnt em heit kenn Mensch meh mache.

un wertvoll sinn die - kaum verroscht,
un Alles hot mol Geld gekoscht.
Un jedes Schtück im Sekrädär,
des weckt Erinnerung in mer.
Vum Vadder - wu so lang schun doht,
vun schlechte Zeite - Krieg un Not.
Wie ich verliebt noch war un jung,
korz, alles hot Errinnerung,
an Zeite die mer unnerdesse,
aus purem Üwwermut vergesse.
An alte Zeite leicht un schwer,
errinnert mich mein Sekrädär,
Drum, denk ich als: denn Schrank denn alde,
denn wer ich ´s allerbescht behalte!

Im Jahr 1974 war ich nachdenklicher, doch dies Gedicht gefiel der Bockenheimer Jury nicht. Mir gefiel es, Sie können es selbst beurteilen.

Die ald Blääch [1]

Ich geh oft samschtags, nooch de viere,
noch mit meim Dackelche schpaziere
un kumm als manchesmol debei,
bei uns an de ald´ B´lääch vorbei.
Dort treff ich nie e Menscheseel,
ich bin allee - un denk mein Dääl:

1 Die Bleiche, eine meist gemeindeeigenen Wiese zum Bleichen der Leinenwäsche;

Do henn als früjer die Weinsleit g´schtanne,
die henn gegosse als, mit Kanne.
Ich höör noch wie mei Mutter klaacht,
sie hott zu ehre Nochbern g´saacht:
„Seit viere frieh bin ich am renne,
schunnscht hätt ich´s heit net schaffe kenne,
erscht eigewächt, gekocht, dann g´schwenkt,
die klee Wäsch uff die Drikkel g´henkt.

Dann hab ich mich am Weil brett g´schunne,
betracht mei Händ, - do gugg die Schrunne.
Jetzt raus zum blääche uff die Wiss,
weil heit doch ´s Wetter günschtich iss.
Noht hordich häämgerennt in´s Haus,
schunscht geht mer dort mei Feier aus.
Gell Nochbern selles sinn kää Schprich,
en Wäschdaach der is ferchterlich!"

„Ja" hot die Nochbern druff genickt,
„de Wäschdaach macht mich ball verrickt,
do krieht mer Händ, des is e Schann,
dass mer kee Goof[1] meh heewe kann.
Ja wann mer, so wie reiche Leit,
sich kennt Maschine leischte heit,
wu bloos mer noch am Schalter dreht
un Alles dann vun selwer geht,
do wer mer reich, - des kammer sache
un braicht sei Lebdach nimmie klache.

---

1 Stecknadel mit farbigem Kopf

Do hätten mer, wann ich eich saach,
aa endlich mol en freie Daach.
Doch unserenner, jedie Wett,
der werd so reich mol sicher nett!“

Die Nochbern hätt die Wett verlore,
gugg ich zurück, die ledschte Johre
e Wäschmaschien, ich kenn mich aus,
die schteht doch heit in jedem Haus.

Heit werd kee Wäsch me eigewächt,
drei Schtunn lang uff de Wiss gebläächt,
kee Kernsääf g´schnitzelt un so Zeich,
heit sinn die ärmschte Leit so reich,
een Knopp gedrickt, ach Gott wie schee
un Alles duht vun selwwer geh´.
Selbscht Feier mache schpart mer heit
un trotzdem hänn die Leit kee Zeit.

Drum - geh ich an de Blääch schpaziere
un duh mei Dakkeldierche führe
un bin allee, oh liewer Gott
derweil mei Fraa noch Ärwet hott,
obwohl bei uns, wie´s heit so geht,
die deierscht Wäschmaschien jo schteht
(un trotzdem klacht mei Fraa beschtännich,
vun vieler Ärwet, Zeit zu wennich)
Duht der Gedanke mich bedrikke:
Es muss noch an was ann´rem ligge.

Danach nahm ich an keinem Dichterwettstreit mehr teil. Ich wählte meine Jury selbst. Meine Leser – mein Puplikum bei Vorträgen. Es hat sich gelohnt. Die Themen waren vielfältig:

Kee Zeit

Ich red´, - genau wie alle Leit,
am allerliebschte vun de Zeit.
De ganze Daach, - ´s is sicher wohr,
kummt schtännich als ee Wörtel vor,
des Wörtel - Zeit - wie´s jeder kennt,
des werd vun frieh bis schpeet genennt.
Schun mor´ns geht´s los - do is soweit,
hobb - mach schteh uff, du wäscht ´s is Zeit.
Kee Zeit zum Frühschtück - Zeit zum Schaffe,
kee Zeit vor lang da rum zu gaffe.
Kee Zeit zum warte - Zeit zu gehe,
kee Zeit for noch de Uhr zu sehe.
Kee Zeit - ´s is Zeit - die Menschheit schpinnt,
mer sieht grad wie die Zeit verrinnt.
Kee Zeit for sell´ - ´s is Zeit fer dess,
de ganze Dag de gleich Exszess,
de ganze Dag - bei alle Leit,
kee Zeit - kee Zeit - ´s is Zeit - ´s is Zeit?

Die Zeit is schlecht - kee gutie Zeit,
vorbei die Zeit - die Zeit is weit.
Mer sieht, die Zeit - uff Schritt un Tritt,
mol hott mer se un meischtens nitt.
Des is schun ganz vermaledeit,
Erscht hott mer kee - dann isses Zeit.
Drum - henn ach ehr emol kee Zeit
besinnen Eich - ´s is högschtie Zeit.

Zeit

Es hott doch jeder Mensch s´beschtrewe,
noch Möchlichkeit - recht lang zu lewe.
Schtick hunnert Jahr do rum zu renne,
genau so lang noch schaffe kenne,
des wünscht sich jeder - Fraa un Mann,
obwohl mers kaum verschtehe kann.
Dann - kummscht heit zamme mit de Leit,
da höörscht zwar oft - kee Zeit - kee Zeit,
doch graad so oft - des finn ich dumm,
höörscht ach - heit geht die Zeit net rumm.
„Mensch wer´s doch endlich widder Summer."
So höörscht´s im Winter - ´s kummt noch dummer.
Wie oft ich als bloos mondags hhöör:
„Ach Gott - wann´s norr schunn Samschdag weer."
„Ach weer der Dag doch schunn vorbei."
des höör ich dächlich widder nei.

„Ach weer ich schunn Abteilungsleiter,
noch vier - fünf Jahr.“ So geht des weiter.
„Ach hätt ich bloos mei Rente schunn.“
„Wann werd´s dann fünfe? - noch e Schtunn
„ So Sätz - des werd ja jeder wisse,
die duht mer dächlich hööre müsse.

So wünscht sich jeder - ohne Not,
beschtännich näher an sein Doht.
Un trotzdem - jeder hot´s Beschtrewwe,
nooch Möglichkeit - recht lang zu lewwe.

Auch über möglichen Zeitvertreib machte ich mir Gedanken.

En Fernsehowend

´s is Owend – draus dunkel – es Dagwerk gelunge
un jetzt werd de Owend vor´m Fernseh verbrunge.
Die Fraa raamt de Disch ab – dann Ordnung muss sei,
ich geh – un ich schalt dann de Fernseher ei.

Zunächscht isses leicht – mol es Richtige finne,
mit Landesschau duht unsern Owend beginne.
Do sieht mer – was rundum im Land so bassiert,
do is mer nadierlich ach schtark intressiert.

Do bringt mer es Neischte – aus Schtadt un aus Land,
bloos - ´s Mehnschte des is mer nadierlich bekannt,
des kriegt mer jo mittags im Radio schunn mit,
na - jetzt siehscht´s in Bilder – als weiterer Schritt.

Als Nägschtes kummt des was so weltweit bassiert:
In Bagdad is widder e Bomb explodiert,
´s is Schtreit in Berlin –
un mer segt es g´höört g´schpart,
do schtreit´mer halt schtets um
em Kaiser sein Bart,
mer werd sich net ehnich – un find ach ke Enn,
kee Wunner – wu meer doch
kenn Kaiser meh henn.

Dann krieht mer gezeigt wie es Wetter sollt werre,
doch meischtens do duht mer sich dodebei erre.
Weil meischtens mer doch als e Anneres krieht,
is jo klar - weil de Petrus kee Dagesschau sieht.

Doch donooch geht ´s los – es is Vertel noch achte,
mei Fraa will denn Film mit de Sissi betrachte,
do sitzt ´se verklärt un sie guggt ach gebannt,
ich wär awwer meh uff en Krimi jetzt g´schpannt.

Ich geh mit de Worte:
„Dann gugg doch denn Mischt,
meer henn jo im zwette Schtock noch so e Kischt!“

Ich geh dann mit Brummle halt in de zwett Schtock,
wu ich zeh Minute vorm Krimi dann hock,
doch dann bin ich ´s läädisch – Gott is des en Kääs,
wu mer jo vun A´fang de Mörder schunn wääß.
Warum ich denn kenn – wollen die mich verkohle?
Wie oft duen dann die schunn
den Film wiederhohle.

So schalt ich halt weiter – un do werd gekocht,
doch hott mer des ach jo schunn öfter gebrocht
un weil ich vun A´fang a net mit debei,
do wääß ich nadierlich ach net: Was muss nei?
So hab ich denn Kochkurs versäumt
jetzt halt – leider,
drum schalt ich dann efach graad nochemol weiter.

Doch do is Programm, des wu werklich nix daucht,
do wirbt mer for Sache – die niemand jo braucht.
Mer wirbt for Arzneie – die helfen beschtimmt,
awer wahrscheins es Bescht,
wammer garnet ´se nimmt.

Des nägschte Programm duht mich
widder arg schtööre,
do zeigt mer genau wie sich Vire vermehre
un was dann durch so e Vermehrung bassiert,
doch dodraa – do bin ich halt net intressiert.

Des nägschte Programm is ganz sicherlich klor,
´s sinn Bilder vum Krieg – for ball siwwezich Johr,
doch hab ich ach dodraa halt garkee Intresse,
ich hab ´s jo erlebt – un duh ´s liewer vergesse
un ´s is jo ach nimmie so ganz aktuell,
drum schalt ich halt nochemol weiter – ganz schnell,
do is jetzt Musik – for deere mer ´s graut,
die is halt net schöö – sondern efach bloos laut,
die dröhnt in de Ohre – do brummt der de Kopp,
drum drück ich halt nochmol de Weiterschaltknopp.

Meer henn jo Programme – so hunnert am Schtück,
drum schalt ich des Ganze grad nochmol zurück,
doch mach ich ach dreimol des Ganze noch weiter:
Ich bin noch dem Fernsehowend kee bissel g´scheiter.
Doch ´s hott sich rendiert, wammer dobei bedenkt,
ich hab denne Kerl die Gebühre nett g´schenkt.

Ein Thema für jeden Dichter sind auch die Frauen.
Doch nicht jeder findet eine liebe Frau, andere
haben da mehr Probleme. Zum Beischpiel:

De Bauer Chrischt

Vun Owwerdorf - de Bauer Chrischt,
Freund - denn hott´s Schicksal bös verwischt,
der hot, egal was er duht mache,
bei seine Alde nix zu lache.

Blooß schaffe muss er - früh un schpeet
un wann er mol was drinke geht,
do nusst se´n, wann se´n blooß verwischt,
er kann em lääd da unsern Chrischt.
Blooß Krach dehääm - un Lärm un Schreit,
do plötzlich isses dann soweit,
wie unsern gute Herrgott lenkt,
die Ald - sie schtirbt - kenns hetts gedenkt.
Sie werd begrawe dann im Ort,
de Parrer schpricht e letschdes Wort,
de Chrischt laaft häämwerts - in sei Haus,
dann dort is jetzt de Leicheschmaus.
Er denkt so for sich hie - der Schote,
jetzt werd se schunn de Deiwel broote,
un in die Höll do g´hört se aa,
nee - werklich - ´s war e bösie Fraa.
Dann will de Chrischt - er fühlt sich frei,
dehääm jetzt in die Hausdeer nei,
in dem Moment - wie des so geht,
do setzt de Wind ei - un der weht,
vum Fenschtersims en Blummetopp,
der fliegt em Chrischt grad uff de Kopp.
Jetzt schteht er do un schüttelt sich,
dann guckt er hoch ganz ärgerlich:
„Leck mich am Arsch“ segt er benumme,
„is die doch in de Himmel kumme.“

Doch es ist der ewige Kreislauf, errötend folgt er ihren Spuren. Und nicht jeden trifft es so hart wie Bauer Christ.

´s weibliche G´schlecht.

Fraue – duht er zunägscht mehne,
sinn en Zeitvertreib – en schööne,
also wär es doch ganz gut,
wann er ennie finne duht.

Wann er net graad schief un krumm
un net ganz besonders dumm,
ach net macht was sich net g´höört,
werd er dann recht ball erhöört.

Un jetzt hott er was erreicht,
was mer mit ´re Ros vergleicht,
wobei er halt zunägscht bloos sieht:
Erscht die Knoschp – un dann die Blüt´.
Awer ball do merkt er dann,
dass mer sich ach schteche kann,

Doch de Nutze un ´s Vergnüge,
duhn zunägscht noch üwwerwiege
un er duht – des is des Schööne,
an die Schtachle sich gewöhne.

Ich hatte Glück, doch da muss man schon selbst daran schmieden. Hier meine Empfehlung die ich zu meiner goldenen Hochzeit verfasste.

Empfehlung eines erfahrenen Ehemannes

Zunächst wie auf dem Bild zu sehen,
heißt ´s – vor der Frau stets stramm zu stehen,
weil in der Ehe nie verkehrt,
was sich beim Barras längst bewährt.
(Ich hielt dies so – das sieht man klar,
schon auf dem Weg zum Traualtar.)
Dann nie, mit Worten – ja gar frechen,
dem lieben Frauchen widersprechen.
(Hier ist ein einziger Satz nicht schlecht:
„Jawohl mein Schatz – da hast du recht!“)

Beim Essen darf man niemals meckern
und – wichtig – sich auch nicht bekleckern.
Ein Fleck auf einem Oberhemd,
erregt die Frau schon vehement.
(Auf einer Bluse gleicher Fleck:
Macht nichts – und geht viel leichter weg!)

Zieht vor der Tür die Schuhe aus
und bringt ja keinen Dreck in ´s Haus,
am besten geht man wie mit Flügel,
hängt auch das Hemd stets auf den Bügel.
Und denket immer auch daran:
Socken zieht man nicht linksrum an.

Eins ist an mancher Scheidung schuld:
Das ist des Mannes Ungeduld.
(Bei einer Frau – bei einer lieben,
da muss man in Geduld sich üben.

Sie wird sich ausserdem schon sputen
und was sind denn schon zwei Minuten?
Das macht sie dir ganz sicher klar,
auch wenn es fast ´ne Stunde war.)

Man soll auch ab und zu dran denken,
dem lieben Frauchen was zu schenken.
(Da will sie allerdings dann wissen:
„Hast du vielleicht ein schlecht Gewissen?“
Tut man das nicht sofort verneinen,
da wird sie vielleicht ganz schnell weinen.)

Schenkt man ihr einen Blumenstrauß,
da sieht es noch viel schlimmer aus.
(Da soll man sich beraten lassen,
ob sie auch in die Vase passen,
dass ja kein Blütenkopf schon hänge,
dass Stiele richtig, in der Länge,
dass es das rechte Kunterbunt,
da gibt ´s noch viele und – und – und.
Ob da der Preis auch angemessen,
dies alles darf man nicht vergessen.
Und stellt schon vorab euch drauf ein:
Es wird doch nie ganz richtig sein.)

Man darf natürlich auch mal streiten,
denn dies entspannt – auf beiden Seiten.
(Um was es geht ist nicht so wichtig,
auch ist nur eine Meinung richtig

und dies ist stets und ganz genau,
halt nur die Meinung deiner Frau.)
Auch hier ist dann ein Satz nicht schlecht:
„Jawohl mein Liebes – du hast recht!“

Danach hat man sich zu versöhnen
und seine Frau auch zu verwöhnen,
doch dabei dann zu übertreiben,
dies lasse man wohl besser bleiben,
treibt die Versöhnung man zu weit,
da hat man bald alltäglich Streit.

Ganz wichtig sei dem Mann zu eigen,
beim Einkauf viel Geduld zu zeigen:
Sind Modehäuser gut bestückt,
dann wird man besser nicht verrückt.
(Weil eins nur zum Ergebnis führt:
´s wird alles zweimal anprobiert.)

Noch schlimmer nimmt es seinen Lauf,
bei dem verflixten Schuhe Kauf.
Da hat die Frau ein schweres Los,
denn aussen klein – und innen groß,
die werden auf der ganzen Welt,
von keiner Firma hergestellt.

Da hilft der Frau nur – suchen – suchen
und dabei darf der Mann nicht fluchen.
(Auch nicht wenn – was es geben soll,
zu Haus der Schuhschrank übervoll.)
Man übe sich halt in Geduld,
sonst ist man hinterher noch schuld,
weil Frauchen merkt – zu Hause dann,
dass sie im Schuh nicht laufen kann.
(Doch welche Frau will Schuhe kaufen,
um hinterher damit zu laufen?)

Jetzt gäbe es noch viele Sachen,
doch die kann keiner richtig machen,
da ist auch der Versuch nichts wert,
denn was man macht ist stets verkehrt,
selbst wenn man sich da noch so schindet:
Wenn Frauchen es nicht richtig findet.

Man muss in Ehen auch regieren.
Der Mann – der muss das Zepter führen,
sie hat zu tun was er möcht,
vorausgesetzt – es ist ihr recht.
Doch beim Regieren – und dies wisst´ehr,
da braucht es schließlich auch Minister.
Das Innere – und die Finanzen,
besetzt die Frau - im Großen – Ganzen,
das Äußere ist oft umstritten,
da kann der Mann nur höchstens bitten,

mit einem Vorschlag aufzuwarten,
zum Beispiel beim – in Urlaub starten.
Doch wird sie deinen Vorschlag rügen,
dann ist es besser sich zu fügen,
denn selbst das schönste Urlaubsziel,
bringt der Erholung nicht sehr viel
und wird auf ewig dann verflucht,
wenn nur der Mann es ausgesucht!

Beherzigt drum – was ich geschrieben,
ansonsten tut das Frauchen lieben,
erfüllet brav die Ehepflicht,
zu oft dann auch schon wieder nicht,
vermeidet Fremdgehen dann – dazwischen
und wenn – dann lasst euch nicht erwischen.

Mit diesem Leitsatz war – ganz klar,
ich glücklich – lange fünfzig Jahr.
So wird es gar ganz einfach gehen
und ich gestehe – es war schön.
Und jeder von euch sollte wissen,
ich möchte heut kein Tag vermissen.

Der Wunsch eines jeden normalen Mannes ist es: Mit einer Frau schlafen.Dass es auch hier im Lauf einer Ehe Probleme geben kann soll dieses Gedicht zeigen.

A´genehmie Ruh

Mei Lieblingsb´schäftigung is schloofe,
duht mich nett mit Verachtung schtroofe,
ich kann halt efach nix dezu
un ´s liebschte hab ich halt mei Ruh.

Un ´s is doch wohr – is ´s net es Bescht,
wannd neigekuscht – in ´s warme Nescht,
e bissel üwwerzwerch un krumm,
mol so rum – un mol annerscht rum,
dich uff die Nacht duscht vorbereite
un waartscht – uff ´s langsam nüwwergleite.

Stimmt jetzt alles mim Gewisse
knotscht mer erscht mol ´s Koppekisse.
Dann de Kopp - der is halt wichtich,
endlich liggt er dann ach richtig.
Jetztert kammer ausprowiere,
´s anner G´scherr zu inschtalliere.
Hoscht dei eige Bett dehääm,
is des alles kee Problem,

dann des hott jo schun dei Forme,
des entschpricht de Körpernorme,
muscht halt bloos e bissel ricke,
nochher duhscht schunn richtig ligge.
Is jetzt alles richtig g´schtreckt
un bischt ach gut zugedeckt,
duhscht noch mol gemütlich brumme:
Un de Schloof - der kann jetzt kumme.
Der kummt ach leise jetzt und sacht,
glei hotter dich - mit aller Macht,
do höörscht die Fraa - wie durch en Schleier:
„Ach Gott is Lewe heit so deier!
Mer fallt graad ei!“ So tönt´s dann weiter,
Gewitter nee – a des werd heiter.
„Halt doch die Gosch - un geb mol Ruh!“
segscht jetzt - un deckscht dich feschter zu
un dusselscht leise weiter fort:
Doch braucht die Fraa halt ´s ledschte Wort
un eh Wort reiht sich dann ans anner
un schunn do hännelt mer minanner.
Noch zeh Minute drehscht dich rum,
die Hännlerei is der zu dumm,
„Ich will jetzt schloofe - allo hopp!“
Die Deck ziehscht hoch - un nei de Kopp,
doch kummt jetzt erscht emol e Zeit,
wu g´flissentlich de Schloof dich meid´.
Na - schließlich is des ach kenn Schade,
mer kann jo noch e bissel warte,

die Nacht is lang - ´s duht net pressiere
un schunn - do bischt am simmeliere.
Jetzt simmelierscht - un simmelierscht
un eigne Selbschtgeschpräche führscht,
do schtooscht dann uff e U´gemach
un schunn bischt quicklewendich wach.

Jetzt sucht mer des Problem des böse,
gedanklich einwandfrei zu löse,
doch kammer des net immer mache
un schunn - do höört mer ehnse schlache.
Die Fraa kannscht ach noch schnarche hööre,
doch schließlich duht dich des net schtööre,
des bischt´s gewöhnt - un des is gut:
So halt se wennigschtens die Schnut.
Doch des Problem - des will net weiche
un ach kee Lösung duht sich zeiche,
die Turmuhr höörscht noch zwee verkünne
un immer kannscht de Schloof net finne,
do höört mer schließlich halwer drei,
jetzt is die Nacht schunn ball vorbei,
´s schlägt dreie - un schlägt halwer viere,
en manche Trick duhscht jetzt prowiere,
duhscht Schoofe zähle jetzt - im Ligge,
do fangt die Bloos dich aa zu drücke,
do gehscht halt naus - was widden mache?
Un schunn höörscht halwer fünfe schlache.
Gottlob - so denkscht - e knappie Schtunn,
dann is vorbei - dann hemmers schunn.

Doch fünfe schlache höörscht nimmie,
dann jetzert haagt´s dich endlich hie,
du schloofscht - ach Gott is des en Sege:
E Murmeldier is nix degege.
Do plötzlich - do zerreißt´s die Schtill´,
de Wecker rappelt jetzt - ganz schrill
un trotzdem kummscht net ganz zu der,
do hööscht dei Fraa - des dabbisch Luder:
„Ach Gott was is der Kerl verschloofe!"
De Herrgott soll so Weibsleit schtroofe.

Zum Wasserhahne dorkelscht naus
un reibscht der mol die Aage aus.
Duhscht weiter uff die Weibsleit fluche
Un duhscht dei Unnerhosse suche.

En Dag kummt jetzt – for dem ´s em graut,
dei ganze Laune is versaut
un drum – ehr Dame – seid so gut:
Un halten owends im Bett die Schnut.

Es gibt ein wahres Sprichwort:
Der Magen einer Sau, die Seele einer Frau, der Inhalt einer Worscht, bleiben ewig unerforscht.

Die Worschtmarktbessem

Es is jo schunn seid aller Zeit,
´s Beschtrewe – vun de bessre Leit,
dass jeder – ob er jung – ob ald,
sei Schtrooß un ´s Trottwar sauwer halt.
Un darum werd – was lowenswert,
am Samsdag halt die Gass gekehrt.

De Schiller hott ´s jo schunn genennt,
ehn Satz, den sicher jeder kennt:
wenn jeder kehrt vor seiner Tür,
is Sauberkeit im Schtadtrevier!

Dass do en Bessem nötig war,
des is jo doch wohl jedem klar
un was bei uns besonders schöö,
mer henn – seid ledschtem Worschtmarkt zwee.

Was em schunn die Erfahrung lehrt:
en Bessem is mol abgekehrt,
dass er zum Kehre nimmie daucht,
korz, dass mer halt en Neie braucht.

Es kummt de Worschtmarkt – un ganz klaa,
geh ich dorthie – mit meiner Fraa
un sehn dann graad beim Drüwwergehe,
dort ach en Bessembinner schtehe.

Der Bessembinner war reel,
des merkt mei Fraa dann ach ganz schnell,
so gute Bessem hott schunnscht kenner:
„wääscht was?“ – mehnt se –
„meer nemmen enner!“

Der Mann der duht sei G´schäft verschteh´:
„Ei gutie Fraa – do nemmt doch zwee,
dann zwee – des is en Sonderposchte,
die duen ach net doppelt koschte,
de Zwette – hett´ner des gedenkt,
denn kriehn ehr jo beinah g´schenkt!“
Des find mei Fraa dann a´genehm
un owends geht´s mit zwee Bessem hääm.

So duhn bei uns – ehr könnt ´s eich denke,
jetzt künftig halt zwee Bessem henke.
Doch jetzt kummt samstags de Verdruss,
wellen mer do jetzt nemme muss.
Ich war jetzt graad mimm kehre draa,
nemm dann ehn Bessem – un fang aa,
mimm Bessem jetzt die Gass zu kehre
un schunn duht sich mei Fraa beschwere:

„Warum nimmscht ausgerechent denn,
wu mer doch jetzt zwee Bessem henn?
Du hättscht“ – so duht ´se giftig enne,
„doch ach denn Annre nemme könne!“

Ich hab dann g´saat – des wär egal,
gewiss, es wären zwee zur Wahl,
doch wär halt garnet vorbeschtimmt,
wellen vun denne zwee mer nimmt.

Woruff mei Fraa dann kontere kann:
„Des is mol widder typisch Mann,
en Dickkopp hoscht – du sollscht dich schämme,
graad ausgerechent denn zu nemme,
wu newedraa de gleiche henkt.
„Do sieht mer – dass en Mann net denkt!“

So gab ´s en schööne Ehekrach,
dann Logik is halt Frauesach
un dass mich so was halt net ploocht,
do hab ich jetzt als künftig g´froocht,
mit emme Blick – ganz u´schuldsvoll,
was ich for ´n Bessem nemme soll.

Do hott mei Fraa mich dann belehrt:
„´s wär doch egal mit was mer kehrt!“
doch immer hätt ´se schunn gedenkt,
die Männer wären halt beschränkt,

de richtig Bessem rauszufinne,
des wär u´nützes Beginne.

Drum – duhn ehr durch de Worschtmarkt laafe,
duht bitte bloos ehn Bessem kaafe,
dann Schwierigkeite – mit zwee Beese,
is nie en Mann im Schtand zu löse!

De Raseschnitt

Glücklich schätzt sich jedermann,
der en Garte hawwe kann,
wu ´s de ganze Summer blüht
un mer sich sein Schnittlach zieht,
doch es schönschte – zwischenei,
muss e bissel Rase sei.

Rase is ach leicht zu pflege,
awwer noch ´me warme Rege,
ufert der doch ach mol aus
un schießt plötzlich owwe naus.

Drum – des is jo klar zu sehe,
is der Rase jetzt zu mähe.
Des is weiter ach kee Sach,
dann mit emme riese Krach,

rückt – als schööner Zeitvertreib,
mer dem Hochwuchs jetzt zu Leib,
laaft do drüwwer dann – im Trab
un schneid alle Halme ab.

Awwer längscht net alle – nee,
dann e paar – die bleiwen schteh,
doch die nimmscht der extra her
un kappscht – mit de Rasescheer.

So – jetzt sieht des sauwer aus
un kee Hälmel meh guggt raus,
awer ehner – voller Tücke,
duht noch flach am Boddem ligge,
tarnt sich dort mit Hinnerlischt,
wie en gute Infantrischt.

´s Raseg´scherr verschtaut mer gut,
bis die Fraa dann kumme duht,
beginnt– noch alder Tradition,
kritisch jetzt ihr Inschpektion.

Un du hockscht voll Schtolz deneewe,
plotzlich duht sich ebbes hewe
un der Halm der sich gedrückt,
bisher flach am Boddem liggt,
krawwelt aus de Tarnung raus
un guggt senkrecht owwe naus.

Un des sieht die Fraa sofort
Un ergreift dodruff es Wort:
„Jesses nee – wie dumm sinn Männer,
gugg emol – do schteht noch enner,
Kerl was machscht dann do for Bosse?
Warum hoscht denn schtehe losse?
Kammer eich dann garnix häääße,
was sinn Männer dann for Wese,
können – wie jo klar zu sehe,
nett emol en Rase mähe.
Siehscht doch, dass noch ebbes schteht.
Männer – Gott die sinn halt blööd!“

Ja – ehn Grashalm – der sich g´schickt,
for em Raseschnitt gedrückt,
der beweist do faktisch klar,
einwandfrei doch jeder Fraa,
dass die Männer aller Zeite,
viel zu blööd zum Raseschneide.

Wer ´s net glaabt, denn lad ich frei,
mol zum Rasemähe ei
un nooch enner halwe Schtunn,
bin ich sicher – glabbt er ´s schunn.
Dann ich kenn halt mol mei Fraa
un mein Rase kenn ich aa!

Doch was man als Mann an seiner Angetrauten hat,
merkt man meist, wenn sie einmal fehlt.

Schtrohwitwer

Wer Jungg´sell is - der kann jetzt gehe,
dann der werd desdo net verschtehe,
ich glaab - dass blooß en Ehemann,
mein Kummer do verschtehe kann
un der ach bloos – hott er eh krieht,
die sorgevoll um ihn bemüht
Ich hab so eh - ganz sicher wohr
un die seit üwwer dreißich Johr.
Mei Fraa duht mich - vum frühe Morche,
bis in die Nacht halt treu umsorche,
sie sorgt, dass ich was Gutes ess,
dass ich mich a´zieh´ - nix vergess´.
Do liggen Hosse - ´s Hemm dezu,
die Schtrimp wu bassen un die Schuh,
de bassend Schlips - de richtig Hut,
mei Fraa - die macht des alles gut
un muschtert mich - vun Kopp bis Zeh,
damit ich jo net schlambich geh.

Nadierlich geht mer´s uff de Keks,
ich geh zwar sauwer meines Weg´s,
doch bin ich dann en klenne Buu?
Un finn ich selwer net mei Schuh,

mei Hemm - mei Socke un de Schlips
un hab ich dann so wennich Gribs,
dass ich de falsche Hut noch nemm,
de falsche Schlips - zum falsche Hemm?
Die schtellt em hie - bei meiner Ehr,
als wann mer richtig dabbisch wär.

Doch ich geb nooch - bin halt net schtur,
un jetzt - jetzt fahrt ´se fort - in Kur.

Drei Woche geht ´se jetzt mol naus:
Un dann bin ich de Herr im Haus.
Jetzt werd emol vun meer beschtimmt,
was for e Hemm - for´n Schlips mer nimmt,
ja - ja ehr Leit - es sinn kee Schprich,
drei Woche lang beschtimm jetzt ich.

Zwar duht ´se jo - bevor ´se g´fahre,
mer net mit gute Rotschläg schpare,
doch ich - ach Gott - was willen die?
Ich höör do üwwerhaupt net hie.

Jetzt isse fort - Gott sei´s gelobt,
jetzt werd sich endlich ausgedobt,
jetzt kumm ich hääm - wann ich es will
un Gott sei Dank - do isses schtill,
hör net ´s Gebröwel dodeibei:
„Schunn widder halwer ehns vorbei!

Un morje früh verschloofscht de Wecker´"
Awa - heit gibt´s so kee Gemecker.

Am ann´re Morje wach ich uff,
oh Gott - was drückt mein Schädel druff,
ja ja - do hott mer halt gemehnt,
doch iss mer ´s nimmie so gewöhnt.
Doch ´s macht jo nix - en klenne Husch
un ich schteh uff - geh in die Dusch.
Un kaltes Wasser owwerunner,
des wirkt nadierlich wie e Wunner,
geh aus em Bad - un fühl mich frisch
un geh dann zum Toilettedisch.
Doch nee? Was sinnen des for Bosse?
Wu liggen dann mei Unnerhosse?
Die liggen doch seit dreißich Johr,
do neewe - neewerm Waschlavor.
Die leggt mei Fraa mer immer hie:
In weller Schublad sinnen die?
Jetzt muss ich - nass - un unner Fluche,
zuerscht mer Unnerhosse suche.
Un finn ´se ach dann - ehrlich g´saat,
´s war in de neunte Schrankschublad
un finn dort ach mei Unnerhemm,
doch was ich jetzt for Hosse nemm?
Dodrüwwer is jetzt nochzudenke.
Ich nemm halt die wu vorne henke.

Ball hab ich dann im Nachdisch unne,
voll Schpürsinn ach mei Socke g´funne,
jetzt noch die Schuh - un dann de Kittel,
doch was for Schuh jetzt - kreizgewittel?
Doch sinn die Schuh noch garnet draa:
Noch hab ich ´s Owwerhemm net aa,
doch finn ich kenn´s - ja kreizgewitter,
do nemm ich des vun geschtern widder
un will graad unne nei - mimm Kopp,
do sehn ich - fehlt do doch en Knopp,
„Hee Fraa" So will ich jetzt graad kreische,
doch duht der Ruf halt kenns erreiche,
do schteh ich jetzt, wie so en Depp:
Was nützt e Hemm - mit abb´ne Knöpp?
Un wie - wie soll´s jetzt weiter gehe?
Wu is en Knopp for draazunähe?
Un wuher ich e Noodel nemm?
Or wu e frisches Owwerhemm?

Jetzt norre langsam - ruhig Blut,
wammer de Kopp behalte duht
un suchscht - un suchscht dann mit System,
finnscht ach e frisches Hemm dehääm.
Ich hab ach wirklich ball ehns g´funne,
hab dann en Schlips mer umgebunne
un so geht wirklich alles glatt:
bloos hab ich noch kenn Kaffee g´hatt.
Doch muss ach sowas lösbar sei.
Bloos - wu füllt mer do Wasser ei,

an der Maschien - an dere blööd
un wu jetzt bloos de Lattwerch schteht?
De Butter - un die Kaffeebix,
was ich ach such - ich finn halt nix.
Un des - des liggt an mein´re Alde,
weil Weibsleit halt kee Ordnung halte.
Bei Männer - do könnscht alles sehe:
Do deht des noch vun geschtern schtehe,
doch Weibsleit - oder vornehm - Dame,
die wissen nix wie wegzuraame.
Na ja - es Frühschtück kannscht vergesse,
ich geh halt unnerwegs was esse,
do isst mer schließlich ach ganz gut,
ich greif zu Mantel un zu Hut,
wobei mein Blick zum Schpichel führt:
Ach Gott - ich bin jo net rasiert.

Na ja - elektrisch geht des schnell
un dann greif ich noch dere Schtell,
wu schunnscht de Autoschlüssel liggt,
doch hott sich der jetzt ach verdrückt.
Ich such - doch alles for die Katz,
der hott zwar immer do sein Platz,
doch mehnscht ich deht denn Schlüssel finne,
ich duh mich dann emol besinne,
er war doch geschtern ow´nd noch do,
ich kam doch hääm - musst uff de Klo
un richtig - for de Lokusschüssel,
liggt seeleruhig mein Autoschlüssel.

Do hab ich scheinbar schunn gedöst,
doch is ´s Problem jo jetzt gelöst,
jetzt naus - un in mei Auto nei,
doch halt - ich hab kenn Führerschei,
nochmol zurück - in aller Ruh,
doch jetzt fallt mer die Hausdeer zu
un wann ich richtig mich besinn,
schteckt do de Schlüssel innedrinn.
Gottlob war´s Schloofschtuppfenschter uff,
so schteig ich uff die Lääder druff,
um wie en Schpitzbuu - so en freche,
im eig´ne Haus jetzt eizubreche.
De Schlüssel hott ach inne g´schtocke,
ich mach mich widder uff die Socke,
es war jo jetzt ach högschtie Zeit,
do hör ich, dass die Klingel leit´.
Mei Schwiegerdochter duht do schteh´:
„Wie geht´s en Opa - so allee?
Ach Gott - was sagt mer´n dodezu?
Zu grüne Socke braune Schuh.
Un zu dem Hemm do die Krawatt,
hott des die Oma rausg´leggt g´hatt?
Un zu dem Kittel do die Hosse:
Mensch Opa - Du machscht widder Bosse!“
„Un dann“ so setzt ´se noch ehns druff,
„warum schteht do de Kühlschrank uff?“

„Jo Mädel“ - hab ich do gelacht,
„Denn hab ich scheints net zugemacht“
„Ja“ mehnt ´se“ ´s war jo ach kenn Schade,
doch schließ emol dein Hosselade
un ausserdem - Du wollscht doch geh´,
do liggt jo noch dein Portmanee,
do nemmen - schteck des Ding mol ei,
schunnscht hoscht jo garkee Geld dabei.
Un do - vergess mer net dein Hut
un hoscht en Schirm - fall´s reg´ne duht?
Un bei deim Hemm - so hab ich ´s G´fühl,
is owwe glaab en Knopp zuviel,
der unne - wammer ´s richtig zählt,
am unnerscht Enn jo wahrscheins fehlt
Un gugg doch an die Füß mol draa:
Hoscht net die Socke linksrum aa?
Un schöö rasiert bischt ach noch net:
Bischt Du vielleicht zu schpät in´s Bett?“

Ich hab kee Antwort meh gewisst
un hab ach schließlich fort gemüsst,
doch langsam kummt mer´s in de Sinn,
ich sag´s ach - weil ich ehrlich bin,
ich brauch mei Fraa - ich Hosseloddel,
schunnscht bin ich ball en alde Trottel,
des is scheint´s männlichie Nadur:
Mer merkt´s schunn - wann die Fraa in Kur!
Un manchesmol - do merkt mer´s schunn,
glei in de allererschte Schtunn.

Klar wurde mir in der Ehe auch, dass Frauen sehr wenig Respekt vor den Vertorbenen haben. Männer sind da gefühlvoller:

Pietätlose Fraue

Ich muss mich heit emol beklage
un u´verblümt die Wohret sage.
Die Fraue henn kee Pietät,
wann wohr – was in de Bibel schteht.
Un dodrinn schteht – wer schterwe muss,
der werd zu Schtaab dann – ganz zum Schluss.

Des dauert sicherlich e Zeit,
doch irgendwann – do is soweit,
egal wu hie mer ehns begraawe,
er fangt aa ´s Umfeld zu verschtaawe.

Des is jo efach zu verschtehe,
doch möchte ich do mol weitergehe,
der Schtaab – der jetzt in Fenschternische,
or uff Kommode – Schränk un Dische,
des könnt, des sieht wohl jeder ei,
emol en Mensch gewese sei.

Der sucht im Haus sei ledschtie Ruh,
do kummt die Hausfraa – un im Nu,

nimmt die en Lappe – schwupp die wupp
un alle G´schtorwene in de Schtupp,
die werren – was doch unerhört,
in ehre ledschte Ruh jetzt g´schtört.

Sie duht ´se dann zum Ausguss bringe,
um dort denn Lappe auszuwringe
un duht ´se – ohne viel zu denke,
jetzt in ´s Kanalnetz nunner schwenke.
Or schüttelt – graad als wären ´s G´schpenschter,
se in de Gaarte naus – durch ´s Fenschter.

Ich finn des frech – un net bloos dumm,
so geht mer net mit Dohte um,
wu em debei noch netmol klar,
was der im Lewe einstens war.

Mer duht vielleicht jetzt Karl der Große,
in so en Schtaubsaugfilter bloose,
um denn dann in gemeiner weise,
ganz efach in die Mülltonn schmeisse.

Ja selbscht wann´d Kaiser warscht – or Pabscht,
mer wischt dich weg – bloos weil jetzt schtaabscht
un gröschte Männer aller Zeit,
die sinn ge´h so was ach net g´feit.
Do liggt mol uff deim Nachtdisch Schtaab,
ich wääß es net – jedoch ich glaab,

ach wann ´s jetzt net ganz offenbar,
des mol Cleopatra war.

Doch hott mei Fraa do kenn Reschpekt,
die mehnt der Nachtdisch wär verdreckt,
bauff is Cleopatra verschwunne
un is bereits im Abfluss drunne.

War ´s Cäsar, or Pytagoras,
mei Fraa die macht en Lumbe nass
un ich – ich finn des unerhört,
dass mer die ledschte Ruh so schtöört.

Doch wann ich mich degege wehr,
was glaawen ehr, was ich dann hör,
ich wär e Wutz – so hör ich dann
un des wär typisch – for en Mann,
bloos weil in Männer halt mol schteckt,
dass mer vor Dohte meh Reschpekt.

Dass durch die Luft en Ahnherr schwebt,
der mol vor langer Zeit gelebt,
do kummen Fraue jo net druff
un saugen denn ganz efach uff.

Doch lossen mol die Zeit vergehe,
do werd ´s ne wohl genau so gehe,
do henn ´ses dann genau so schwer,
weil schtännich jemand hinnern her,

mit Lappe, Wedel oder Dücher,
die kriehn ehr Fett – do bin ich sicher,
so sicher wie die Bibel schreibt,
dass vun uns all am Enn nix bleibt,
als wie e Hand voll Schtaab vielleicht,
der nie sei ledschtie Ruh erreicht.

Dann kaum setzt mer sich uff was druff,
kummt schunn e Fraa– un wischt dich uff
un schüttelt dich durch ´s Fenschter naus.
For dich is halt kenn Platz im Haus.

Ab geht´s durch Abfluss un Kanal,
na – ja – meer is es jo egal,
dann Gott sei Dank – mer is jo hie
un merkt denn ganze Schtress nimmie.
Doch klar is – wammer ehrlich sinn,
dass Fraue pietätlos sinn,
drum nimmt en Mann – was jo bekannt,
ach nie e Schtaabduch in die Hand.

Matschogedanke

Es Welltall – wammer ´s so betracht,
is offebar ganz gut gemacht.
Was siehscht als ruhiges Schternebild,
des is e Rennerei – wie wild,

am riesegroße Firmament,
wu trotzdem nix zusamme rennt
un noch milliarde Kilometer,
kummt vun de Schterne beinah jeder,
nochdem er ´s Weltall dann umrund,
zurück – genau uff die Sekund.

Dohunne – uff de Welt – de kleene,
do kammer eher schunn Fehler sehne,
Dann grad beim Mensch – des derf mer sage,
do gibt ´s schunn manchen Grund zum klage,
na – was am ledschte Dag mer schafft,
des werd halt manchmol mangelhaft.

De Mann – der is jo noch perfekt,
mit allem – was so innem schteckt,
doch bei de Fraa – ich sag ´s mol offe,
do scheint mer manches schief geloffe.

Ich will beileib do jetzt nett schelte
un dass se schöö sinn – loss ich gelte,
sie duhn ach schunnscht jo ebbes dauche,
mer kann ´se ach for manches brauche,
ganz klar - im erschte Lewensdrittel,
verdien´n ´se „Sehr gut“ schunn – als Titel.
Doch bieten ´se schun als mol Sache,
do kammer nimmie drüwwer lache,
mer duht ´s am beschte nett versuche,
dann ´s hilft kee bitte un kee fluche.

So kaafen Fraue halt gern Schuh,
des g´höört zum Lewe jo dezu,
die Fraa soll jo nett barfuß laafe,
drum muss mer Schuh halt manchmol kaafe.
(Wobei ´se – wann ´s er Schuh mol kaaft,
donooch als besser barfuß laaft.)

De Mann versucht noch abzurote,
doch sie beharrt halt uff de Mode,
„Der Schuh, der Absatz un die Schpitz,
der hott genau de richtig Sitz,
des trägt mer heit – ach wann ´s was koscht,
mer sieht – dass du kee Ahnung hoscht.
Der Schuh is ach noch sehr bequem!“
Doch schpäteschtens dann owend ´s dehääm,
do merkt ´se – sie kann zwar drinn schtehe,
doch laafe domit duht nett gehe.

Un wer is schuld – dasses nett kann:
Ganz klar – des is ehrn Ehemann.
„Du hättscht mich jo beroote könne!“
So Sache duhn im Schtreit meischt enne,
am beschte gibt mer ´s efach zu,
dann hott mer wennigschtens sei Ruh,
so denkt en Mann – doch leider – leider,
meischt geht de Schtreit als trotzdem weiter.

Duhn ´s zwette Drittel ´se erreiche,
do muss mer doch schunn manches schtreiche,
schpeziell die Logik schreckt die Männer,
verschtehe duht ´se kaum noch enner,
sie duhn im Gegebsatz zu Herre,
jo ach nett jed Johr älder werre.
´s hott ach kenn Wert sich durchzusetze.
Weil: Fraue henn ehr eigene G´setze.

Doch duht ´s in ´s ledschte Drittel gehe,
do kannscht ´se garnimmie verschtehe.
Do braucht en Mann schunn viel Geduld,
vor allem – er is immer schuld,
egal bei was – in alle Sache,
kann jo e Fraa kee Fehler mache.

´s Gewerz

Mein Nochber Schorsch vun visawie,
sei Fraa die Gret, die lebt nimmie.
Die hot vor vier Johr, wie mer wisse,
im Herbscht ganz plötzlich schterwe müsse
Des hot er drei Johr net verwunne,
dann hot er doch e annerie gfunne.
Mit dere lebt er jetzt e Johr,
un scheints ach gut, so kummts em vor.

Doch klacht er jetzt schun lange Woche,
sei neiie Fraa kann net so koche,
die seelich Gret, ganz uhne Ferz,
die hot e bsonneres Gewerz.
Sei jetzich Fraa, die duht sich schinne,
doch kann se des Gewerz net finne.
De Schorsch der hockt dehem un schtöhnt,
er war halt des Gewerz gewöhnt.
Sei Gret die hot an fascht keem Esse,
des gut Gewerzel je vergesse,
un grad em Schorsch sei Lieblingsschpeis.
die saure Niere un de Reis,
die henn em halt, da hilft kee grolle,
so ugewerzt net schmecke wolle.
Sei Fraa die gibt sich redlich Müh,
sie bringt halt mol den G´schmack net hie,
doch kocht sem fer´m e Frääd zu mache,
heit widder mol sei Lieblingssache.
Dann holt se noch, for newebei,
im Keller drunne e Flasch Wei,
un uff de Trepp, wie des so is,
da steht die Nochbersfraa, die Liss.
Do werd gebabbelt, net grad gscheit,
vun denne un vun selle Leit.
Die Zeit vergeht, ´s is zwölfe glei,
da fallt der Fraa es Esse ei,
doch wann se noch so hortich rennt,
dehäm is ´s Esse a´gebrennt.

Sie greint un heilt, des duht nix helfe,
de Schorsch kummt häm, dann ´s is jo zwölfe.
Er hockt sich hie, langt noch de Gawwel,
un schiebt en Bisse in de Schnawwel,
noch´m erschte Bisse, Jesses nee,
do schpringt er senkrecht in die Höh.
Er kreischt for Frääd, sei Fraa verschreckt
„Wu hoscht dann des Gewerz entdeckt,
kumm her ich drick dich an mei Herz,
des is de Seelich ehr Gewerz."
So merkt se jetzert grad am End,
´s Gewerz is nix, wie – a´gebrennt!

Frauen haben es auch oft nicht leicht, den Geschmack des Angetrauten zu treffen, Gibt es doch schon bei Pälzer Leibgerichten eine große Auswahl

´s Pälzer Leibgericht

Heit mach ich mol e Gedicht,
üwwers Pälzer Leibgericht.
Dann als Pälzer, uhne Schprich,
wu viel rumkummt, so wie ich,
kann die Frog mer däglich höre,
was die Pälzer ´s liebscht verzehre.

Doch die Antwort, uff mei Ehr,
die is werklich furchtbar schwer,
denntwe hab ich mich geplocht,
un mol mei Bekannte g´frocht.
Was do hörscht, an Leibgerichte,
lohnt sich, dass mers duht bedichte.

Pälzer Leibschpeis, hör ich saache,
wer vor allem Schwartemaache
un ach Blut- un Lewwerworscht,
weil, die gibt so´n feine Dorscht,
Saumaache, denn hör ich nenne,
Pälzer Handkees müsst mer kenne,
Grummbeersupp, vor alle Dinge,
dehten gern se nunnerschlinge.
Bohnesupp, aus dicke Kern,
hetten se genau so gern.
Morjens Lattwerch, uffme Weck,
mittags Sauerkraut un Schpeck,
owends Uffschnitt, net verhehle,
kennt mer zu de Leibschpeis zehle.
Sunndags wer dann an de Reih,
Kotlett un Kartoffelbrei.
Pannekuche, Serwela,
höör jedoch ich ach noch saa.
Dambnudle dann, net vergesse,
dehten alle Pälzer esse.
Zwiwwelkuche, neier Wei,
soll e Pälzer Leibschpeis sei.

Un bei Hering mit Gequellte,
deht beschtimmt keen Pälzer schelte.
Quwetschekuche, um die Wett,
jeder geern als Leibschpeis hett.
Saure Bohne, Gulasch, Kees,
Kesselfleesch, wie jeder wees,
Worschtsupp, Rumschteek, saure Niere,
duht mer noch ins Treffe fiehre,
Lewwerkneedel, große, feschte,
zehlen aach noch mit zum Beschte,
Brotwerseht, Rippcher, Sauerkraut,
wern genau so geern verdaut,
Rindfleesch, Bückling, Linsesupp,
frühr, Gequellte mit Dupp-Dupp.
Ausserdem, noch vor die Not,
ging die Worscht ach uhne Brot.
Weißer Kees un Lendeschteek,
Lewwerkees un frische Weck,
werrn als Leibschpeis uffgedischt
un schtehn owwe an de Lischt.
Jedes soll die Leibschpeis sei
un zu jedem basst de Wei
Drum ehr Leit, duhn eich net ploche,
duht eens noch de Leibschpeis froche.
Alles was gut zubereit,
schmeckt dann ach de Pälzer Leit,
Fleesch un Worscht, Salat un Fisch,
wann genug nor uffem Disch.

Eens jedoch derf niemols fehle
un des duht als Beschtes zehle,
dann egal zu wellem Esse,
Pälzer Wei derfscht net vergesse,
Wei, des is e aldi G´schicht,
bleibt halt ´s Pälzer Leibgericht.

Dieses Buch erschien im Jahr der Wirtschaftskrise und der Konjunkturpakete.

Politik

Bei Jagdglück – un bei Moschtgewichte,
do gibt ´s die meischte Lügeg´schichte,
dozu duht mer ach Angler zähle,
weil manchmol Dezimeter fehle,
die in de Wirklichkeit net do:
Des war seid alle Zeite so.

Doch langsam hab ich ´s G´fühl ehr Leit,
dass sich des bissel ännert heit.
Was in de Politik heit laaft,
was mer uns alles do verkaaft,
deht als Vergleich kenn Walfisch lange,
wann Angler bloos e Rotaag fange.

Un breit mer des uff Jäger aus,
laaft de Vergleich dann dodruff naus:
Karnickel – die kaum intressant,
werren größer wie en Elefant.
Beim Moschtgewicht wär kenns verwunnert,
gäbs Öchselgraade um fünfhunnert.

Mein Gott was werd heit alles g´schriwwe,
was werd heit alles üwwertriwwe,
was macht mer uns heit alles weiß,
doch fehlt beim Meischte de Beweis.
Dann schnürt mer ´s Konjungturpaket,
voll Hoffnung – dass ´s jetzt weiter geht,
doch wie – die Froog – die bleibt jo offe,
wann mol Handwerksmann betroffe,
der fleißich g´howwelt hott – or g´feilt,
denn jetzt die Insolvenz ereilt,
weil sei Produkt mer nimmie braucht,
obwohls doch sicherlich was daucht.

Geht mol e groß Fabrik jetzt pleite,
do hott de Schtaat dann eizuschreite,
doch schteht vorm Door e Werschtelbud,
die bisher laaft – un zwar echt gut,
jetzt awwer leider nimmie laaft,
weil kenner meh e Werschtel kaaft,
na – ja – do geht der Mann halt pleite,
mer henn jo schließlich schwere Zeite,

als wammer schunnscht kee Sorge hätte:
Meer müssen ´s Kapital doch rette.

Ach Gott – so langsam glaab ich draa:
De Schtaat – der lügt uns garnet aa
Un mer verzappt halt bloos denn Kääs,
weil ´s efach kenner besser wääß.

Auch allgemeine Begebenheiten habe ich bedichtet. Auch diese Gedichte sind sehr beliebt.

Neigelegt

Im Hof beim Bauer Willibald,
werd langsam jetzt de Goggel ald,
nix daucht er meh - der alte Hah´,
drum schafft er sich en Junge aa.

Der Junge kummt - un guckt sich um,
sieht all die Hinkle um sich rum,
dann duht er plötzlich hinne sehe,
dort duht der alde Goggel schtehe.
Er niwwer glei - stoßt ihm Bescheid,
ich bin de Herr – dassd´ s wääscht - ab heit,
ich duh dich warne - denk mer draa,
die Hinkle gehn dich nix meh aa.

De alde Goggel hot net gschtritte,
doch duht er jetzt de Junge bitte,
kumm sei net so - duht er jetzt sache,
mer könnten uns doch gut vertrache,
lass rmer e Hinkel oder zwee,
ich mehn des müsst doch werklich geh:
Nix - platzt de Junge jetzert naus,
ab heit bin ich de Herr im Haus,
du gehscht mit kennre meh ins Bett,
ich warn dich, dann Du kennscht mich net.

Koomod - duht jetzt de Alde krähe,
des müssen mer doch ´s erscht mol sehe,
erscht kämpfen mer - mit Krall un Schpore,
bis ehns gewinnt, un eens verlore,
un wer gewinnt - des is dann klar,
der kriegt die Hinkle, allegar.

Dem Jung´ war´s recht, dass mer´s so halt,
denn er war schtärker wie der Ald,
er bloost sich uff - kreischt giggriegiii,
dann will er an den Alde hie,
doch der macht kehrt un rennt devoo,
de junge Goggel hinnenoh.
De Hof jetzt nunner, widder nuff,
en Satz, dann uff die Mischtkaut druff,
voraus de Ald´ - un dann de Junge,
so sinn se riwwer, niwwer gschprunge.

Do kummt de Bauer aus de Deer,
un hot in seiner Hand ´s Gewehr,
es knallt en Schuss - dann brasselt Schrot,
de junge Goggel der is doht.
Der Goggel - hört mer - duht nix dauche.
Ich kann kenn schwule Goggel brauche.

Fusion

Do hot - die Sauschtalldeer war offe,
e Hinkel mol e Sau getroffe
un bleibt e bissel bei´re schtehe,
zu froge - wie die G´schäfte gehe.
„Na ja!“ so hört die Sau mer klage
„Die Wirtschaftslag - was soll ich sage,
de Leit is alles heit zu fett.
´s wär gut - wammer was Neies hätt!“
„Ja ja!“ gibts Hinkel druff zurück ,
„ach ich leg Eier - Schtück um Schtück,
die sinn de Leit dann noch zu deier.
Mer braicht was ann´res mol - wie Eier!“
„Ja“, mehnt die Sau druff „s´ macht kenn Schpass,
mer braicht was Neies - awwer was?
mer müsst sich efach arrangiere,
un müsst mit jemand fusioniere.
Gemeinsam müsst jo dann gelinge,
was Neies uff de Markt zu bringe!“

„Wääscht was?“ segt dodruff ´s Hinkel glei
„Wääscht was? Do fallt mer ebbes ei.
Mer fusionieren - frei vum Fleck,
ich liwwer Eier, du de Schpeck
un´s fertich Rührei werd verkaaft.
Du werscht mol sehne - wie des laaft!“

Die Sau - begeischtert - hot gelacht,
Die Sach is gut! So werd´s gemacht.
Mer unnerschreiwen de Vertrag
Un los kann ´s geh´ am nägschte Dag.

Es Hinkel geht, die Sau bleibt do
un is halt doch net richtig froh.
„Mensch“ denkt die Sau „geb ich de Schpeck,
dann schlacht mer mich - un ich bin weg.
Des Hinkel macht dann de Profit.
Awwa, des mach ich doch net mit!“

Wie´s Hinkel kummt - am nägschte Morge,
des ignoriert de Sau ehr Sorge.
„Do“ greint die Sau in ehrer Not,
„in dem Fall bin ich doch dann doht!“
„Du liewer Gott“ segt´s Hinkel do,
„des is halt bei Fusione so!“

Es folgen einige meiner beliebtesten Gedichte.

Neier Wei un Zwiwwelkuche

En Pälzer - des is b´schtimmt net nei,
der braucht zum Lewe halt sein Wei.
Mer braucht denn efach jeden Dag,
braucht b´sonnre Johrgäng, - b´sonnrie Lag,
braucht Weine - die wu ausgereift,
obwohl mer ach noch junge greift,
doch is eh Sort ach noch debei:
Die nennt mer schlicht - de neie Wei.
Un zu dem Neie - do basst´s beschte,
so schööne wäschgekochte Keschte.

Des muss en jeder mol versuche,
doch schöner warme Zwiwwlkuche,
mit bissel Schpeck un Peffersglut,
baßt eigentlich genausogut.

Jetzt muss mer bloß noch ehns versehtehe:
De Neie - duht allee schunn blähe.
Duht denn die Zwiwwel unnerschtütze,
dann langt er for die schwerschte G´schütze.

Am A´fang duht mer´s gamet schpüre,
doch plötzlich duht des rebelliere,
mer merkt zwar - wie´s im Mage schafft,
doch ganz manierlich - ohne Kraft.

Un plötzlich - immer noch ganz schtill,
do schpürt mer - dass des weiter will
un schlängelt sich - wie durch e Furch,
fascht u´bemerkt - de Dünndarm durch.
Jetzt nochemol en korze Satz,
dann isser schunn am Wurmfortsatz

Jetzt wär noch Zeit - for uffzuschtehe
un korz mol naus in ´s Freie gehe,
doch bleibt mer hocke - ruhich - schtill.
Dohinne is jo e Ventil.

Jedoch der Neie gibt kee Ruh,
der will als uff de Ausgang zu
un eh mer wääs wie des bassiert,
is der im Dickdarm inschtalliert.

Jetzt muss mer sich schunn feschter setze
un hinne besser zammepetze.
Dann´s duht dohinne grad wie koche,
de Machtkampf is jetzt ausgebroche
un durch den Machtkampf - durch den wilde,
do duhn sich jetzert Gase bilde.
Mit alle Tricks schafft der - de Nei,
die Zwiwwel hilft em noch dabei.

Der Druck der duht beschtännich steiche
un sucht jetzt kraftvoll zu entweiche,
mer preßt sich uff de Schtuhlsitz druff,
jedoch de Neie gibt net uff.

Er drickt un duhts als weiter treiwwe:
Mer gibt Parole - Hocke bleiwe.
Hocke bleiwe - hoffe - hoffe:
„Hätt ich bloß kenn Neie g´soffe!“

Durch de Druck vum innre Gas,
drückt´s Aach schunn bis an´s Brilleglas,
es Trummelfell dröhnt in de Ohre
mer gibt sich jetzt schunn fascht verlore.
Hocke bleiwe - nimmie ricke.
Hocke bleiwe - zammedrücke.

De Hosebund verreißt schunn ball,
wann denn net hebscht - des gibt en Knall,
des kammer wahrscheins net beschreiwe,
drum hilft bloß ebbes - hocke bleiwe.
Nix meh trinke - nor noch nippe:
Hocke bleiwe - jo net lippe.

So sitzt mer un drückt feschter zu,
tatsächlich gibt´s ach hinne Ruh,
mer kannen halte – sicherlich
un do kummt dann enner an dein Disch.
„Wie gehts mein Freund aus alten Tagen,
ich dacht´ das muss ich dich mal fragen?“

Denn Kerl hoscht dreißich Johr net g´sehe,
des nützt dich nix – hoscht uffzuschtehe

„ Mer deht em ´s liebschte ennie bumbe,
doch loßt mer sich halt doch net lumpe,
mer greift sei Hand geht hinne hoch,
´s Malhöör is do - des is kee Froch.

Jedoch der u´geahnte Dunner,
geht in de Allgemeinheit unner,
vielleicht war ach des Schtuhlgerück,
in deere Tonlag - was e Glück.
Uff jeden Fall - trotz aller Schtärke:
Kenn Deiwel rundum duht was merke.
Ja - Nachts - vielleicht - allee im Wald,
do höört mer noch - wann sowas knallt,
doch imme Saal - mit hunnert Leit,
do dringt sein Ruf net allzuweit.
Die Angscht - un ach die Zupetzkunscht,
war - sieht mer deitlich - ummeschunscht.

Un jeder mehnt halt oft am End,
dass wunnerscht was wie laut er könnt
un wanner dröhnt - des is der Witz,
do nimmt ke Mensch devunn Notiz.

Weil mer sich selwer - ganz beschtimmt,
doch meischtens viel zu wichtich nimmt.
un´s ganze is doch ach Nadur:
Drum brecht den vorgegewne Schwur
un frääd eich - ohne viel zu fluche:
uff neie Wei - un Zwiwwelkuche.

Die kranke Fraue

Mer fallt was uff - des wie sich´s scheint,
mol net so recht zusammereimt.
´s gibt recht viel Leit - un des is schöö,
die werren siebzich - oder meh,
doch des Verhältnis – Fraue, Männer,
des werd mimm Alder immer klenner.
Betracht ich beischpielsweis´ mol heit,
´s Verhältnis bei de äldre Leit,
do kann ich gugge - üwwerall,
die Fraue henn die Üwwerzahl,
die Männer wu dezu duhn g´hööre,
wann´d donoch frogscht, do kannscht bloos hööre,
„Mein Mann? Was frochen se denoht,
mein Mann der is schun Johre doht."

Doch kumm ich ach vun Zeit zu Zeit,
zusamme als mit junge Leit
un dort, des is was mich so schtöört,
dort is Verhältnis umgekehrt.
Die Männer sinn´s - die dort am Enn,
die absolute Mehrheit henn.
Un willscht dort von de Männer hööre,
wu eigentlich ihr Fraue wääre,
do kummt als Antwort durch die Bank:
„Wu is mei Fraa? Mei Fraa is krank.
Mei Fraa die krext - mei Fraa duht klache,
die is malaad" - des höört mer sache.

Die Männer - die sinn dick un rund,
seh´n blendend aus – korz, sinn halt g´sund.
Doch üwwer siebzich - kriegscht die Groh,
do sinn die Meischte nimmie doo.

Ehr kranke Fraue - froh un heiter,
die krexen uff die neunzich weiter,
sinn weiter krank - un net bescheide,
henn jedie Woch e neies Leide.
Beim Gang zum Dokter - jeden Daach,
do geh´n se weiter - wann ich saach
un gießen fleißich - mit de Kann,
es Grab vun ehr´m verschtorwne Mann.

Der zwar zu Lebdach net gekrext,
mit sechzich awwer - wie verhext,
urplötzlich - quasi üwwer Nacht,
die Hack uff emol rausgemacht.

Sei Fraa jedoch, die arm, die krank,
werd hunnert Johr alt - Gott sei Dank.
Klacht stännich üwwer Atemnot
un rechent däglich mittem Doht,
klacht üwwer Asthma, üwwers Wetter
is dobei zääh wie Juchteledder,
ehr Krankheit gibt bloos mittwochs Ruh,
eijo, do hot de Dokter zu.
Drumm was ach is - enns sehn ich klaa,
nix is so g´sund wie e krankie Fraa!

Die Eindagsflieg

Henn ehr eich schunn emol bedenkt,
was deere for e Lewe g´schenkt?
Dass die bloos ehn Dag es Vergnieche,
uff dere Welt dorumm zu flieche?.
Am Morje duht ´se sich entpuppe
un aus ehrm dunkle Kokon schluppe,
entfallt sich jetzt - un fühlt sich wohl,
So gege sechse - sag ich mol.
Sie blinzelt in die Morjeschtunn
un wann ´se Glück hott - scheint die Sunn.
Ehn Regedag, jedoch ehr Leit,
verhunzt ehr ganzie Lewenszeit.
Doch wollen mer jetzt efach hoffe,
es scheint die Sunn - de Dag schteht offe.
Sie is jetzt also nei gebore,
putzt sich die Fliechel, Nas un Ohre,
lernt richtig sitze - richtig schtehe,
schunn hääßt´s zum Kinnergaarte gehe.
Un noch ´re ehdreivertel Schtunn,
do musse uff die Schulbank schunn,
muss lerne, dass ´se was kapiert,
noch drei Schtunn werd se konfirmiert,
duht dann e gutie Schtunn schtudiere
un zwischenei als demonschtriere,
so dass se - wann´s uff zwölfe geht,
allmählich vorm Exame schteht.

Kriegt gute - oder schlechte Note
un hott ehr Schturm - un Drangperiode.

Jetzt sucht ´se sich en Arweitsplatz
un newebei for´s Herz en Schatz,
sowohl als Weibche - wie als Mann
sie heierat - krieht Kinner dann,
um ´se bis viere großzuzieh´
un schunn geht´s uff die Rente hie.
Am sechse werd se pensioniert
ab jetzt e schlaues Lewe g´führt
un des e Schtunn vielleicht - wann´s gut,
weil se schunn ´s Alder schpüre duht.
Ab siwwe losst se sich dann henke,
hott´s in de Flüchel un Gelenke,
fangt aa zu klache un zu krexe
un denkt als: Wär´s doch bloos erscht sechse.
Doch isses halt schunn halwer achte,
sie duht nochmol zurück betrachte
un denkt beschaulich un zufriede:
Mer war e langie Zeit beschiede,
e schöönes Lewe - voller Sunn
un des jetzt beinoh verzeh Schtunn.
Jetzt isses rum - mei Zeit is all:
Ich hoff ich wer kenn Pflegefall.

Sie schtirbt - un krieht die ewig Ruh:
Mer brauchen achtzich Johr dezu.
Un henn in jedem Fall debei,
net ´s ganze Lewe Sunneschei.

Un nimmt mer´s jetzt mol ganz genaa,
gelebt hot die jo schließlich aa
un in de Zeit vun hinnenoht,
die Ewichkeit - in der mer doht,
do duht bei dere Zeit - der viele,
de Unnerschied kee Roll meh schpiele.
Drum duen sich - des derf mer sage,
ach Eintagsfliege net beklage.

Denk emol

Denk emol – könnt mer sich schenke,
dann oft hilfts net viel –so zu denke,
awwer greift denn Satz mer uff,
kummt mer doch uff manches druff.

Denk mol bloos – was wär bassiert,
wann e Mädsche sich scheniert,
irgendwann – vor viele Johre,
do wärscht du schunn net gebore.

Gottlob hott ´se denn erhört,
der zu deine Ahne g´hört,
der nooch ihr so groß Verlange
un so is des weiter gange.

Denk mol – wie viel Zufäll drinn,
bloos seit mer gebore sinn.
Doch mer soll des net prowiere,
des duht doch jo zu nix führe.

Denk mol – was mer jo net wääß,
beischpielsweis - wärscht en Chines,
Jesses nee – mer segt jo norre,
dann wärscht jo kenn Pälzer worre,
müscht dich dann vun Reis ernähre,
dürfscht dich netemol beschwere.

Nee - ´s is besser – garnet denke,
´s werd de Herrgott dann schunn lenke,
weil mer ach kee Chance hätte,
dem do owwe neizuredde.

Doch ´s is Denke oft ach wichtig,
also – was macht mer jetzt richtig?
Des is schunn e gutie Frooch,
denken emol drüwwer noch.

´s Duppeschoppeglas

Unner jedie Pälzer Nas,
basst maßgerecht e Schoppeglas.
Des macht ach deshalb schunn viel Sinn:
Mer wääß vum Quantum her was drinn.

´s is in de Palz – des wääß jo jeder,
en halwe Kubikdezimeter,
denn mer – falls ehns des Maß net kennt,
jo ach en halwe Liter nennt.

De Inhalt – des is meischtens Wei.
Zur Not kann ´s ach en Schorle sei.
Mer duht do ach zwee Forme kenne:
Die eh Sort kannst zylindrisch nenne,
die zwett Sort – die is owwe bräter,
die kammer besser fülle schpäter
un des is dessentwege gut,
das mer net was verschütte duht.

Zylindrische – die ´s alsmol gibt,
die sinn aus ehm Grund net beliebt,
ach deer Grund is jo wohl bekannt:
Die ritschen leicht mol aus de Hand.

Die anner Sort vun Schoppeglässer,
die liggen in de Hand schunn besser,
könn net leicht aus de Hand em schluppe,
zusätzlich henn ´se ausse Duppe,
so dasse leicht ach jedermann,
mit fette Finger hewe kann.
Weil zu ´me Wei derfscht net vergesse,
emol was Kräftiges zu esse,
do könn – bei Dame wie bei Herre,
ach mol die Finger fettig werre.
Wobei – wann ich ganz ehrlich bin,
die Pälzer Händ recht kräftig sinn,
die ach zum Schaffe ebbes dauche
un darum ach kee Henkel brauche.

Drum is bereits seit langer Zeit,
des Duppeschoppeglas verbreit,
doch sollscht – wann des mol g´füllt mit Wei,
beim Trinke net de Vorledscht sei.
Weil – wammer in de Runde schteht,
de Nägscht uff dem sei Konto geht.

Blooskapelle

Zu de Palz - vun vornerei,
g´hört emol de Pälzer Wei
lautes redde mit de Leit,
außerdem Gemütlichkeit

junge Schtädt - un alde Haiser,
alde Burge - dohte Kaiser
alles an de richtich Schtell
doch e Pälzer Blooskapell,
wu noch echtie Musik macht,
ennie - dasses bloß so kracht
jeder Ton - ob Moll ob Dur,
alles echt - un noch Natur,
ob im Freie - ob im Saal,
Gott sei dank - gibt´s üwwerall.
Humtaraa - un Täterää:
Bloosmusik is efach schöö.
Dobei isses ach net wichtich,
ob do jeder Ton ach richtich,
bloost de eh emol denewe,
Gott es ist halt live, s´is Lewe.
Klarinette - Hörner - Flöte,
Saxophone un Trumpete,
de Posaun ehrn helle Ton
un nadierlich Bumbardon,
mit seim Huppdadagebrummel,
dann es Schlagzeig - mit de Trummel,
all des zamme - Schtück um Schtück,
des gibt dann die Bloosmusik.
Doch damit de Takt ach richtich,
sinn nadierlich Prowe wichtich,
Dann ´s gibt Schtärke - alle Sorte,
vun piano - nuff bis forte,

ach die Tonart muss jo schteh´,
dann ob C-Dur oder G,
des is längscht noch net egal,
ach beim Tempo hoscht die Wahl,
do gibt´s Largo - gibt´s Andante,
alle Sorte Variante
un des alles klingt bloß gut,
wammer schtännich prowe duht.
Drum - wer mitmacht muss gelowe:
Emol wöchentlich zu prowe.
A´fangs is die Prob´ gemütlich,
jeder gibt sich Müh - is friedlich,
jeder guggt em Dirigent,
uff de Taktschtock - uff die Händ,
doch so langsam mit de Zeit.
merkt mer halt die Müdigkeit,
schunn schpielt enner F schtatts C,
oder losst de Eisatz schteh.
bloost noch - wann´s schunn lang vorbei:
Oder setzt erscht garnet ei.
Bauff - de Dirigent duht schelte:
Liewer Gott - was sinn ehr Helde,
halten endlich mol de Ton,
schunn kreischt der am Saxophon:
„Ich schpiel richtich - merk der des,
sag´s dem annre Schotebless.
Sag´s emol em Bariton,
der hott schtännich falsche Toen!”

Schunn gibt der sein Senf dezu:
„Ich schpiel richtig – awwer du,
schtännich blooscht Fortissimo,
halt dich an dei Note droo,
awwer ja” so duht er enne
„Note lese müsst mer könne!”

„Ruh!” kreischt enner, „ehr Krakehler,
jeder macht emol en Fehler,
nemmen Luft - un üwen weiter,
gebt eich Müh - des is doch g´scheiter!”
„Du hoscht´s nötich was zu sache
Presto schpielscht - als deht ´s dich jage,
wu Andante an de Reih,
musikalisch müsst mer sei!”
Vorne reißt em die Geduld,
„Ruh!” es kloppt an´s Notepult,
„lossen eier dumme Schprich,
dirigiere duh do ich!”

Doch ´s duht weiter resoniere:
„Sowas nennscht du dirigiere
ich an deiner Schtell wär schtill:
´s schpielt doch jeder wie er will!”
„Halten´s Maul” - kreischt der mimm Bass
„duhn mer üwe - oder was.
Lossen eier Buwereie,
auf ehr Männer - uff en neie.”

Widder geht de Taktstock nuff.
Nochemol basst jeder uff,
doch vielleicht noch zeh Sekunde,
is die Harmonie verschwunde,
vun ´re Einheit is kee Schpur,
jeder in ´re annre Dur,
der zu schpät un der zu früh,
jeder schpielt halt vor sich hie.

Bauff - de Dirigent kloppt ab:
„Liewer Gott was sinn ehr schlapp,
liewer Gott schpielt ehr en Scheiße,
duhn eich mol am Rieme reiße!"
Nochemol langt jeder hie
doch es gibt kee Harmonie.

Plötzlich kreischt do enner - „Männer,
wisst ehr was - erscht trink mer enner.
dann mein Hals is ausgederrt,
wunnert´s eich, dass des nix werd?"
Hortich b´schtellt jetzt jeder was,
macht emol sei Gorgel nass,
dääls mit Bier und dääls mit Wei,
reibt mer innerlich sich ei.

Wie die leere Gläser schtehe,
duht die Prob dann weitergehe,
Taktstock hoch un Taktstock nunner:
Siehe da - ´s is wie e Wunner,

jeder bloost jetzt wie´s sich g´höört
ach kenn falscher Ton der schtört,
mezzo piano – mezo forte,
´s laaft - mer hört kee böse Worte,
A bis Z - es ganze Schtück,
schönie Pälzer Bloosmusik.
Jeder Ton kummt klar un hell,
jeder an de richtich Schtell,
jeder schpielt die richtich Dur
un vum Missklang is kee Schpur.

Losst mich mit em Zaunpfahl winke:
Musikante müssen trinke,
duht de Hals ´ne fascht verderre,
was kann des for Musik werre?

Drum ehr Leit - losst eich belehre,
woll´ner schönie Musik hööre,
Bloosmusik in Moll un Dur,
Bloosmusik - die noch Natur,
ob allegro - ob andante,
sorgen, dass die Musikante,
uff de Schtühl net drucke sitzen,
weil die erschtens jo schunn schwitzen,
zwettens durch de Luftverbrauch,
drucke werrn - in Hals un Bauch,
wann mer do nix trinke duht,
werd die Musik b´schtimmt net gut.

Awwer sinn se inne nass,
dann macht bloose richtich Schpass.
Des gibt Musik - die is doll,
expressivo - ausdrucksvoll
un for jeden Mensch e Glück:
Echtie Pälzer Bloosmusik!

So um 1977 begannen ganz Gescheite mal wieder auf unserer Mundart herumzuhacken. Ich versuchte eine Lanze für unsere Sprache zu brechen, was bei Gott nicht nötig ist.

Die zwee Arte was zu sage

Wann beischpielsweis mol owends schpät,
e Auto vor deim Hofdoor schteht
un du willscht noch e bissel naus
un kannscht jetzt weg´ dem Kerl net raus,
do hilft der nix – bei allem Schade,
do muscht zuallererscht mol waarte.

Do endlich – noch ´re Schtunn bis zwee,
siehscht jemand zu dem Auto geh
un jetzt – jetzt loscht dich nimmie schtööre,
dem Mann dein Schtandpunkt zu erkläre.
Doch kannscht – for dem was zu verzähle,
verschied´ne Ausdrucksforme wähle:

„Mein Herr, – sie haben unbedacht,
mir meine Einfahrt zugemacht
und haben dadurch – was nicht schön,
verhindert, dass ich weg konnt geh´n
und haben so – dies sei gerügt,
der Wirtschaft Schaden zugefügt.
Ich möchte nun zusammenfassen:
Tun sie dies künftig unterlassen!“

Doch kammer ach – des zeig ich do,
des annerscht sage – nämlich so:
„Du Lällebäbbel – kumm mol rei,
was fallt dann bloos deer Simbel ei,
mit deiner Schrottschääß – der vergammelt,
die hoscht der scheints beim Schperrmüll
g´sammelt?

Do for meim Hofdor graad zu halte,
mit deere Schüssel – deere alde,
ich hock dehääm un kann net fort,
kumm – halt dei Gosch – redd jo kee Wort.
Mei Schtammdischbrüder müssen waarte,
wee so ´me Dormel – so ´me faade,
noch emol Kerl – dann helf der Gott,
hau ab du Arsch – mitt samt deim Schrott.
Dein Führerschei – des wär e Glück,
denn schickscht em Neckermann zurück.
Loss künftig dich do nimmie blicke,
schunnscht lernscht noch Kannelwasser schlicke.

Noch emol schtell dich hie – so dumm,
do dreh ich der de Krutze rum!“

Wie g´saat – ´s duen beide Arte gehe
un wellie nimmscht, muscht selwer sehe,
doch is for Kreislauf un Gemüt,
die zwett Art besser – wie mer sieht,
do bilden sich kee Aggressione,
des duht dem Herz un Mage schone
un weil meer g´sundbewusste Leit,
is halt die zwett Art meh verbreit!

Unser Schprooch

Manchmol segt mer uns halt nooch,
pälzisch wär kee schöönie Schprooch?
G´scheite Leit dehts oft gelinge,
´s durch e Umfroog rauszubringe.

Doch mer kann seit alle Zeite,
üwwer G´schmack halt garnet schtreite,
Seller Aff duht des schunn wisse,
der wu in die Sääf gebisse.
Ich finn ´s ach net schöö jo graad,
wammer zu Gellerrieb – Möhrchen saht.

Mundart kummt aus de Region,
die allee beschtimmt de Ton,
folglich werd – was mer so segt,
doch vun de Nadur geprägt.

Also froog ich halt mol enner,
sinn die hohe Berge schönner?
Oder ´s flache Land – es weite,
schunn dodrüwwer kammer schtreite.

Lossen drum die g´scheite Herre,
beten, dass ehr net so werre
un so blööde Sache schreiwen
un wanner werren – nett so bleiwen.

Jedenfalls – des eh is wohr,
unser Pälzer Schprooch is klor.
Doch des g´schteh ich jedem ei:
Mer derf ach annrer Mehnung sei,
dodebei schtimmt sicherlich:
Mer b´halt se ´s allerbescht for sich.

* * *

Mundart hääst´s oft - macht kenn Schpass,
so deht mer redde - uff de Gass,
wer vornehm wär - wollt was erreiche,
müsst jeden Dag uff hochdeitsch schpraiche
un müsst sei Mutterschproch verschtekke,
kennscht do for Ärger net verrecke?

Geht do em net de Schtrohhut hoch,
verleigne - unser Pälzer Schproch?

Die Schproch - die schlürft de Mensch doch ei,
mit Muttermilch - un Pälzer Wei.
Die Schproch - die kummt aus vollem Herz,
dann kummen Leit - mit denne Verz,
un mehnen - wer uff pälzisch redd,
so enner - denn verschteht mer net.
E Nachtigall - wie singt dann die,
muss die erscht Hochdeitschlehrgäng krieh?
Muss die jetzt hochdeitsch singe dann,
damit mer se verschtehe kann?
Nää - wann die trällert - mol des nachts,
segt jeder glei - de Klang der machts!
Ich mach´s so wie die Nachtigall,
redd pälzisch mol - uff jeden Fall:
Wann ich was Liewes em will sache
un duht sich enns net recht betraache,
so´n Affezippel - vun Format,
krieht er´s erscht recht uff pälzisch g´saat.

Un der wu pälzisch net verschteht,
for denn is sowieso zu schpät,
dem sag ichs in de Weltschproch glei:
Avanti - quicklie - vitt – dawei,
Musjöh - Sinjore - Mischter – Pan
you littel leight - du Funzel Tran,

du picolones Licht - pettit,
ich mach denn Zoores doch net mit,
brauch mich dofor net zu schemme.
Glei wer ich dich am Krutze nemme
Dann wer e bisselsche bloos denkt:
E Schproch - die uns de Herrgott schenkt,
die jedem Wese er gibt ei,
die kann so schlecht doch gamet sei.
Drum schtimmt mit mer e dreifach Hoch,
uff unser pälzisch Mutterschprooch!!!

* * *

Was is - des is for mich die Froch,
was is an unsre pälzer Schprooch,
dasse bis heit - bei Jung un Ald,
de Mensche immer besser g´fallt.

Es is halt so - so mehn jetzt ich,
in pälzisch - ja do kammer sich,
mer kann sich besser unnerhalle,
mer kann die Sätz viel besser g´schtalte,
mer kanns viel körzer sache - bündich,
un manches geht meh hinnergründich,
viel meh Nuance sinn do drinn,
e Wort bloos kummt mer in de Sinn,
des mer als Beispiel nemme kennt,
des is des hochdeitsch Wort: Entwende.

Dialektvielfalt

Du liescht dei Zeitung - ow´ns im Bett,
do schteht, dass mer e n t w e n d e t hett
un zwar me Bauer e paar Beere,
me Baugschäft Backschtee - große - schwere,
drei Zentner Kohle - ennre Fraa,
mee Metzger sein Mercedes aa,
un üwwerall es gleiche Wort,
es wurd´ entwendet - gehn doch fort.
Uff pälzisch - Beere werren g´schtrenzt,
schunn is die Schtroftat eigegrenzt,
un jedermann is sunneklar,
dass der Delikt so schwer net war.
Die Backschtee - pälzisch - sinn gegribst,
in annrer pälzer Gegend - g´schtribst,
un ennre alde Fraa ehr Kohle
des is was Schweres - des is g´schtohle
un´s Auto - jedem is vertraut,
e Auto - sowas werd geklaut.

For jedie Schtroftat - leichte - schwere,
kannscht eigne pälzer Wörter hööre,
die kannscht dann je noch Schwere brauche:
die Weihnachtsgutsel duht mer schtauche
e Mädcheherzelche - voll Liebe,
werd ach entwendet - pälzisch diebe.
Un ob die Schtroftat klee - or groß,
in hochdeitsch gibts e Wörtel bloos,

un Pälzer henn - net üwwertriwwe,
for ehn Begriff - in pälzisch siwwe.

Dass domit jedie Fraa un Mann,
sich besser unnerhalte kann,
ich glaab, dass jeder des verschteht,
mit ehner Ausnahm - der wu blööd,
der glaab ich, dass der´s nie entdeckt
un der - der braucht kenn Dialekt.
Der soll halt redde - lebsch un fad,
un wanner schtirbt is a net schad.

* * *

Es mehnt doch mancher in seim Sinn,
die Mundart die wär nimmie in,
jed Rindvieh misst heit hochdeitsch schpreche,
sowas zu mehne is Verbreche.

Er glaawens net - ´s is sicher wohr,
doch schtellen eich mol efach vor,
en Mensch - recht vürnehm - vun Format,
wie der zu denne Sache saaht,
die Mensch und Dier - vor allem Hund
zu jeder Zeit - un jeder Schtund,
an offne Plätz, die net verschlosse,
ganz efach hinne ligge losse.
´s sinn Exkremente - segt der noht,
´s is Unrat - oder Straßenkot,
bloos wanner neitritt - kannscht´s beweise,
segt er - wie alle annre - Scheiße.

Ja selbst die großen Klassiker, hören sich im Dialekt besser an. Glauben Sie nicht? Bitte:

´s gute Beischpiel frei nooch Schiller

Zum Dyonis - dem wüschte Tyrann,
do schleicht ganz hämlich mol en Mann,
in enner Absicht enner böse,
der hott mit Name Damon g´hääße.

Doch wie ´s oft geht - bei so ´re G´schicht,
die Wächter henn denn Mann verwischt,
der u´scheniert sich glei bekennt:
„ Ich hätt em ´s Messer neigerennt,
bis, dass der Lumbehund - der fett,
verreckt wär - un die Kränk g´hatt hätt!“

Wie des de Dyonis erfahrt,
do hott er zu dem Damon g´saat:
„ Net ich verreck - wie du duhscht mehne,
dich henken mer, du werscht schunn sehne.“
„ ´s is mer egal,“ - segt Damon druff,
„henkt mich in Gottes Name uff,
doch e Bitt - Herr Tyrann - die hätt ich.
Ich hab e Schweschter - die noch ledisch,
geb mer noch drei Dag Zeit - Tyrann,
dann such ich deere noch en Mann.

Ich kumm zurück - ganz sicherlich
do is mein Freund - der bürgt for mich
un käm ich nimmie - wär so schlecht,
dann henkscht halt denn: Is der des recht?"

„´s is Recht," - hott de Tyrann gelacht,
„so machen mer´s - ´s is abgemacht,
wann´d nimmie kummscht, na ja, was soll´s,
dann kummt halt der an ´s Galgeholz,
die Hauptsach is, dass ehner henkt
un deer is dann dei Lewe g´ schenkt."
De Damon is sofort dann los,
doch durch so Viehscher - schlechtie Schtrooß
un Umschtänd - wu´s jo jedem bangt,
henn die drei Dag fascht net gelangt.
Er kummt - knapp - in de ledscht Sekund,
mer höört vum Schloss her schunn die Kund:
„Deim Freund ´s graad an die Gorjel geht,
hau liewer ab - du kummscht zu schpät."
„Awa!" duht do de Damon klache,
dess loss ich denn Tyrann net sache,
ich hätt mich efach bloos getrost
un hätt mein Freund im Schtich gelosst,
dann henkt er mich halt newedraa.
Die Gunn - die duh ich dem net aa."
Un noch im ledschte Aacheblick,
do rett er so sein Freund - vorm Schtrick.
Wie des jetzt de Tyrann vernumme,
do sinn dem fascht die Träne kumme.

Er segt dodruff: „Mein liewer Schwan,
Treue is doch kenn leerer Wahn
un denntewee hätt ich e Bitt:
„Ich wär gern in eierm Bund de Dritt."

Moral:
Mer sieht, dass uns do Schiller zeicht,
was gutes Beischpiel oft erreicht
doch zeigt uns des Gedicht dann net,
dass sich´s uff pälzisch leichter redd?

Es kann doch nicht so falsch sein, Reden oder Singen, wie uns der Schnabel gewachsen ist. Dabei kann man auch etwas lernen, wenn man einem Vogel mal zuhört.

E Vögelche

Do neilich ging mol alles schief,
ich war - wie mer so segt - im Tief.
Es is jo ach uff dere Welt,
Blooß renne noch dem blöde Geld.
De ganze Dag muss mer sich schinne,
sei bissel däglich Brot zu finne.
En jeder will em an de Kraache,
wie´s halt so geht - was soll ich saache.

Ich hock uff meiner Gartebank,
nee - ehrlich g´saat - mer hott´s gelangt.
Do plötzlich hör ich im Gebüsch:
Do peift en Vochel - frei und frisch.
Er peift e Lied - ich du ihm lausche,
guck - denk ich - ja mit dem könnscht dausche.
Der hott kee Sorge - dem gehts klor,
dann awwer denk ich: Is des wohr?
Der klenne Kerl - mit roter Bruscht,
lebt der so voller Lewensluscht?
Ach der is schtännich uff de Hut,
dass ihn die Katz net schnappe duht,
dass ihn net gar en Habicht fangt
un guckt - dass immer´s Futter langt.

Ach der muss däglich sich bemühe,
sei bissel Fresse beizukriehe
un ach sei Kinner satt zu bringe
und bloost kee Trübsal: Der duht singe.

Der peift sei Lied - ganz u´beschwert,
als wann die ganze Welt em g´höört.
Un net als wann an alle Ecke,
Die Katze schunn die Mailer schlecke
un Habicht schunn die Kralle schpitzen
un mehr Insektegift verspritzen.
Dass jo kee Mück im Garte summt
un er so um sei Futter kummt.

So´n Vochel - wammer des bedenkt,
der krieht im Lewe ach nix g´schenkt.
Doch der - der hott sei Lied gepfiffe:
Ja liewer Freund - ich hab begriffe.
Ich hör der noch e Weilche zu:
un mach´s in Zukunft grad wie Du!

Meine Liebe an die Heimat – zu unserer Pfalz und die Kurpfalz – die Ihre Bewohner ernährt, wo man allerhand erfunden hat, wo man sich gegen böse Feinde durchsetzte, kurz wo man sich wohlfühlt, soll das nächste Gedicht zeigen:

Dehääm

Im Januar - zur Winterszeit,
da fahrt wer bloos e bissel g´scheit,
zum Wintersport, an Berg un Häng
un sinn die Hosse ach zu eng,
es wääs de Gröscht´ - de Klennscht,
in Bayern isses do es schönnscht.

Im Frühjohr - wann die Blumme büh´n,
die Mädcher widder Feier kriehn,
un alles treibt - in de Natur,
die Tulwe schtehen wie e Schnur,

do is - des is jo allbekannt,
es schönnscht dann im Niederland´.
Im Summer des wääs jedermann,
is schönnscht - dort wu mer bade kann,
wuh´d wannre kannscht - spaziere gehe,
kannscht owends ach e Oper sehe,
wuh´d ausgeh kannscht, bis morjens früh,
des sinn die Plätz - do ziehts em hie.
Un zwischenei is dort un dort,
an sellem un an jenem Ort,
es Schönnscht, es Beschst - un b´sonners gut,
bloos wann´s November werre duht,
´s gibt Neie – un ball Schlachtpartie,
do zieht ´s em nirgendwo meh hie.
werd´s newwlich, ´s Laab fallt vun de Bääm,
is´s Schönnscht dehääm.

Des is emol e wohres Wort,
doch muscht die üwwrich Zeit nett fort,
ach do is schöö – dehääm zu bleiwe,
doch duht´s dich doch mol auswärts treiwe,
merkt jeder – wanner graad kenn Dumme:
Es Schönnscht is – widder hääm zu kumme.

Aus Politik habe ich mir nie etwas gemacht. Ich komme mit Roten – Schwarzen – Gelben – Grünen – ganz gut aus, Habe aber meine eigenen Gedanken im Kopf. Mit Braunen kann ich weniger – gebrannte Kinder scheuen halt das Feuer. Doch ich akzeptiere halt auch Meinungen, die nicht meiner eigenen entsprechen. Und da man auf dem Hambacher Schloss dereinst verkündete: Die Gedanken sind frei, habe ich halt auch eigene Gedanken – und dichte manchmal darüber:

Mei Forscht

Meer henn in Forscht kee Kathedrale,
kee Feschtungsmau´re un kenn Dom,
kee Engelsburg - net ´s Quirinale,
wie beischpielsweis es alde Rom.

Meer henn kenn Volkspark oder Prater,
kee Schauschpielhaus - for ´s große Wort,
meer henn kee Oper - or Theater,
meer sinn en ganze klenne Ort.

Meer henn halt nix - so könnt mer mehne,
meer sinn als Ort bedeutungslos,
doch ebbes - un des is des Schööne,
des macht uns trotzdem riesegroß.

De Forschter Wei sucht seinesgleiche,
denn bringt bloos Forschter Boddem vor
un sei Medallje - Siegeszeiche,
die zeigen jedem, dass des wohr.

Ja vun dem Dorf - mit seiner Lage
un mit seim Wei - der wu so gut,
do kammer voller Schtolz schunn sage,
dass mer nix bess´res finne duht!
Un unsern Schtolz sinn ach die Glocke,
die mer schunn oft vum Turm genumme,
doch schtets do konnten mer frohlocke,
sie sinn noch immer widderkumme.

Sie läuten laut in alle Winde,
bei jedem A´lass, Frääd wie Trauer,
sie duhn uns ach die Zeit verkünde,
bei Sunneschei – wie Regeschauer.

Sie klingen laut – in alle Lage,
sie rufen ach zum Kerchegang
un duht mer dich zum Friedhof trage,
de ledschte Gruß – des iss ihr´n Klang.

Ja – unser Forscht duht nix bedeute,
es is halt bloos en klenne Ort,
doch durch sein Wei – sei Glockeläute,
freiwillig geh ich do nie fort!

Gedanke beim Zeitung lese

Mer braucht doch morjens mol am achte,
die Zeitung emol uffzuschlache,
sich bloos die Üwwerschrift betrachte,
was liest mer do for böse Sache.
Die Kälwer schpritzt mer mit Hormone,
dann geh´n se uff wie Hefebrei,
dann duht sich ´s züchte ach erscht lohne,
un ähnlich macht mer´s mit de Säu.

Die Hinkle schperrt mer in so Kischte,
dann leg´n se Eier - im Akkord,
die braucht mer net emol zu mischte,
des schwimmt noch automatisch fort.
Die Eier sinn dann zwar noch rund,
doch sinn se uffgetriwwe
un dodurch sinn se nimmie g´sund,
die Zeitung hot des g´schriwwe.
Die Fisch die derf mer nimmie esse,
die sinn voll Wärm schtellscht der net vor,
sinn jo ach giftig net vergesse,
wie Zyankali - oder Chlor.
Im Wald die Beere jo net plücke,
die sinn verschtrahlt - mer glaabts fascht net,
duhscht ehnie bloos devun verdrücke,
schtrahlscht mit em Mond ball um die Wett.

Des selwe gilt ach for die Pilze,
die schmeißt mer besser uff de Müll,
dann wann ach wachsen, kenner will se,
des kummt halt noch vun Tschernobyl.
Die Körner ausse - in de Schale,
sinn ach voll giftig Lumbezeich,
drum ob se ganz sinn or vermahle,
wer sowas isst, is ball e Leich.

Die Grumbeer, garnet vorzuschtelle,
die is jo heit es reine Gift,
die derfscht net broote. oder quelle,
schteht neilich in re Üwwerschrift.

Voll Kalium sinn se innedrinn,
hot im Artikel g´schtanne,
die Hännler machen ehrn Gewinn:
Un uns - uns machts zu Schanne.

Salat, Gemüs - des kummt vum dünge,
sinn gifticher als wie e Schlang,
so duht´s e Zeitung kerzlich bringe
un des noch siewwe Seite lang.
De Wei. denn hot mer ganz zu meide:
Dann der - der macht Dich völlich hie,
des les ich uff de nägschte Seite,
des wär jo echt e giftich Brüh.

Un dann erscht Millich. die is g´fährlich,
die is nadürlich ganz vergift,
wobei - do bin ich jetzt mol ehrlich,
mich des halt net so furchtbar trifft.
Un Wasser erscht - na des is giftich,
viel schlimmer noch wie mancher mehnt.
Des glaab ich ach - un des is richtich,
ich hab mer´s a schunn abgewehnt.
Doch Esse - Trinke zum Beschtehe,
des braucht mer halt, des is gewiss:
Die Froog, wie soll des weitergehe,
wu alles heit so giftich is?

Was soll mer esse - soll mer trinke,
was net vergift is - un verschtrahlt?
Ob Kalbflääsch - ob Gemüs, ob Schinke
un ganz egal was mer bezahlt.

Un noch was zehrt am Lewensfade,
egal ob´d arm bischt oder reich:
En jeder hot sein Körwerschade
un all henn viel zu dicke Baich.
Mer henn noch annere Probleme,
dann - ´s is jo niemand heit meh g´sund
un durch des Lewe, des bequeme,
do hott ball jeder Muschkelschwund.

Dann hemmer ach noch ann´re Sorge,
vor denne mer´s besonders bangt,
mer müssen heit jo´s Geld schunn borge,
bloos dasses vor die Rente langt.
Die allgemeine Lewenszeit,
die duht beschtännich schteige,
drum gibt´s die viele alde Leit.
´s duht sich schtatistich zeige.
Ich hab des alles jetzt gelese,
wenn wunnerts, dass ich nachts net schloof,
die Üwweraltrung - ´s Gift des böse,
des führt uns in die Kataschtroof.
Wer soll dann alles des bezahle?
Jed Altersheim is üwwervoll.
Mer sinn vergift - un duhn verschtrahle,
mer wääß net was mer esse soll.
Es Fernseh schlegt die gleiche Kerbe,
die sehnens wie de Blätterwald.
Mer müssen an Vergiftung schterwe,
un werren trotzdem noch zu ald.

Vereinfachtes Amtsdeutsch

Baden – Würtemberg
Zeugnis der Grund und Hauptschulen
Schuljahr 2007/08
Leistungen in den einzelnen Fächern und Fächerverbünden:

Religionslehre	(rk)	bfr	Englisch	sgt
Ethik			Sport*)	gut
Deutsch		bfr	Musik*)	
Mathematik		bfr	Bildende Kunst*)	
WZG / Welt - Zeit - Gesellschaft				sgt
MNT / Materie - Natur - Technik				bfr
WAG / Wirtschaft - Arbeit - Gesundheit				bfr
MSG / Musik - Sport - Gestalten				gut

WZG enthält Geschichte, Gemeinschaftskunde, Politik, Erdkunde, Wirtschaftslehre.
MNT enthält Biologie, Chemie, Physik, Technik, Hauswirtschaft & Textiles Werken.
WAG enthält Wirtschaftslehre, Biologie, Hauswirtschaft & Textiles Werken, Technik.
MSG enthält Musik, Sport, Bildende Kunst. Biologie, Technik, Textiles Werken. *) Beste Einzelnote aus MSG

Eine gute Bekannte mit Enkelkinder, hat mir ein Zeugnis gezeigt: Ich habe versucht es zu verschtehen und dann meinen Reim darauf gemacht.

Bildung – also hell un g´scheit,
is vun hoher Wichtigkeit,
schließlich simmer jo kee Wilde:
Folglich muss mer sich halt bilde.

´s gab e Zeit – des is jo klar,
wu des nett so wichtig war,
wu en Dumme ach was daucht,
dann denn hott mer oft gebraucht.

Heit brauchscht höheres Bildungswese,
jo bereits beim Zeugnis lese:
Was? Ehr mehne ´s is nett wohr:
Gut – ich les eich mol ehns vor:
We Zett Ge un Em Es Ge ,
wären sgt. – duht dodrinn schteh,
awwer dann – bei Em Es Te,
bloos noch bfr. dehinner schteht.
Ja – un MAG sogar,
do schteht norr noch mgh.

Ja – vor mir e Zeugnis liggt,
do werd sich so ausgedrückt,
Bildung – domit liggt mer richtig,
die is heit besonders wichtig,

weil jo schunnsten niemand dann,
noch e Zeugnis lese kann.

Ausgeheckt in viele Schtunne,
henn ganz G´scheite des erfunne,
imme Minischterium
un die sinn beschtimmt nett dumm,
kriehen ach e hoh´ Gehalt,
gottlob bin ich jo schunn ald,
schteh schunn fascht am Lewensschluss,
dass ich des nett wisse muss.
Ungenügend bis sehr gut,
heit halt nimmie lange duht
un wu WZG muscht lese,
duht des Welt – Zeit – G´sundheit hääße,
awwer losst eich do nett schtööre,
es häßt ach noch Wirtschaftslehre.

Dank de viele g´scheite Leit,
die for so en Blödsinn Zeit.
Die nooch Abkörzunge gugge,
um ´s dann drunner auszudrucke.
Weil ´ses selwer nett verschtehe:
Muss mer dann so Wege gehe?
Liewe Leit – des is mei Frooch:
Wuhie geht unser deitschie Schprooch?

Zur Religion, vor allem zu dem Christentum, habe ich ein gutes Verhältnis. Was es mir bietet zeigt, das nächste Gedicht.

Die heiliche drei Könich

De heilich Josef schtaunt net schlecht
un denkt – er sieht vielleicht net recht,
es kummt em fascht schunn schpanisch vor,
er kratzt sich erscht mol hinnerm Ohr.

Do kummen Herre – uff Kamele,
e Dienerschar – die kaum zu zähle,
mit Klääder – prächtig – goldene Knöpp
un große Turban uff de Köpp,
mit Kischte – g´füllt bis an de Rand:
Die kummen scheints vum Morgeland.
Un graad so Leit – des derf mer saache,
die duen oft kenn Gute raache.

Was henn dann die vor´n Weg gewählt?
Aa so was hottem graad noch g´fehlt,
erscht die Geburt – in kaltem Wind,
donooch die Sorge um des Kind,
kaum bissel Butter oder Kääs,
e bissel Millich – vun ´re Gääß,
e Kripp for ´s Kind – kee Schockelbett
fern vun dehääm – vun Nazareth.

Kee Winnle un kee Schtrampelhosse,
meer langt´s emol, mit denne Bosse.
So denkt de Josef – leck´s am Asch
un jetzt kummt ach noch die Bagasch.

Er guggt zum Jesuskind – verschtohle,
denkt: „Deht die bloos de Deiwel hole!
So hohe Herre als Besuch,
des is kenn Sege – eher en Fluch,
meischt fordern die noch ´s ledschte Krümmel,
oh alle Heilige im Himmel,
jetzt kummen die – uff Trampeldiere:
Mein Gott – wu soll des anneführe?"

Doch wie der Tross de Schtall erreicht,
do merkt er, dass er sich gedeischt.
Die schteigen ab – un packen aus
un holen schööne G´schenke raus,
zwar unnütz Zeig´s – aus purem Gold,
doch Gottlob henn ´se nix gewollt.
Un wie er dann uff emol sieht,
dass sich die Herre hiegekniet,
die Herre – aus em Morgeland,
do zweifelt er an seim Verschtand.

An de Gewänner goldene Zottle,
die knieen jetzt in Gääßeknottle,
verziehen Unner- Owwerlipp
un beten ´s Kind aa – in de Kripp.

Un do – do leucht em plötzlich ei:
Des Kind muss was Besondres sei!
Un plötzlich war em dann gewiss,
dass des doch de Erlöser is.
Un ach de Sohn vum liewe Gott,
Was manchmol er bezweifelt hott.
Ach wann die Engel so geredd,
ganz sicher war er sich do net,
doch was er do vor Aage sieht,
do hott er die Erleuchtung krieht.

Er werd beschenkt – mit Weihrauch, Gold,
hÿört – dass Herodes kumme wollt,
der ach des Kind mol sehne möcht,
doch so was war em garnet recht,
denn Cochem[1] kennt er jo ganz gut:
Na – wer Herodes häässe duht!
So Lumbes kammer net vertraue
Un er beschließt – ball abzuhaue.

Er segt: „Maria – gugg die Herre,
aus unserm Buu werd mol was werre,
jetzt müssen mer uns bloos bemühe,
des Kind ach richtig zu erziehe.
Un, dass jetzt unser liewes Kind,
der blööd Herodes jo net find,
do geh´n mer nüwwer an de Nil
un nemm´n Ägypte uns als Ziel,

1 Cochem = Bezeichnung aus dem Jiddischen, für eine Person, die mit Vorsicht zu genießen ist

schunnscht bringt der Lumbehund – der dumm,
am End noch unser Büwel um.

So henn ´se des ach ball gemacht,
sinn häämlich fort – in dunkler Nacht,
henn vor ´m Herodes sich verschteckt,
bis der de Löffel weggeleggt.
Sinn dann zurück uff Nazareth
un so werd ´s Jesuskind gerett.

Des war e Glück – des derfscht beschwöre,
weil mer jo schunnscht kee Chrischte wäre
un wären – annschtatts brave Chrischte,
am Schluss sogar noch Islamischte
un könnten ´s Schweinefläääsch vergesse,
des dürft mer dann jo garnet esse,
kenn Saumage – kee klorie Worscht
un was derfscht trinke gege Dorscht?

Dann ach der gute Pälzer Wei,
der dürft uns jo verbote sei.
Ich denk, – dass meer heit Muselmänner,
wollt in de Palz wohl sicher kenner.
Frääd eich – dass ´s Jesuskind gebore,
ging durch Intrige nett verlore,
Es konnt dodurch sei Lehr verkünde,
erlöst uns vun so manche Sünde
un macht aus Wasser gute Wei,
doch des losst mer heit besser sei.

Erweckt de Lazarus vum Doht,
braucht uff em See netmol e Boot,
is barfuß uffem See schpaziert,
wer wääß wie mer dort abkassiert,
wann er emol dort unne war,
dem is de Grund ach sicher klar,

Gebore einst in Bethlehem,
is schpäter nooch Jerusalem,
´s war en Triumphzug - meiner drei,
doch acht Dag schpäter war´s vorbei
do henn ´sen dann mit Dorne g´schtachelt
un freidags druff an ´s Kreiz genachelt.

Er halt vor ´s Aag uns manchie Sünd:
Doch er hott ´s Chrischtetum gegründt,
er duht e gutie Lehr´ uns schenke,
do soll mer immer mol draa denke,
weil dovun wirklich ebbes hoscht,
ach wann ´s uns Kercheschteier koscht.

Dann es bewahrt uns – schunnscht wär´s bitter,
sogar vor vier – fünf Schwiegermütter.
Wobei glei garkee – leider wohr,
behalt sich jo de Klerus vor

´s gäb Kus – Kus oft – net auszudenke,
denn dürfscht mit Wasser nunnerschwenke.
Dann unsern Wei – de Weiße – Rote,
is bei de Moslems jo verbote.

Korz – ohne unser Chrischteheit,
hätt mer net oft e schöönie Zeit
Un net was G´scheites als – zu esse:
Des dürfen mer doch nie vergesse
Des Chrischtetum is nett verkehrt
un drum die Kercheschteier wert.
Mit Lewwer- un mit Griewewerscht,
wu lewe kannscht – wie so en Ferscht,
mit Saumage in Schweineschmalz,
was b´sonders g´schätzt werd – in de Palz,
so gut lebt – wanner noch so reich,
im ganze Morgeland kenn Scheich.

Un ach die Könich – alle drei,
die henn heit Öl – awwer kenn Wei,
vor allem henn ´se ach kee Ruh,
dann dort geht´s net gemütlich zu.
Do schprengt sich doch so mancher Schuft,
mitsamt seim Umfeld in die Luft.

Do sieht mer mol – wie sich des macht,
wammer en gute Wei veracht
un was vor Bosse in em schtecke,
wann gute Sache em net schmecke?

Nee – nee – ehr Leit – ich will net prahle,
dann liewer Kercheschteier zahle,
wann des es Lewe ach verdeiert,
meer henn ach Fraue - u´verschleiert,

die sehnen net – was jo en Graus,
wie Reitschule – die zug´hengt aus
Ich bin en Chrischt – duh dozu schtehe,
die Vorteile sinn klar zu sehe,
drum bitte – seien net so dumm
un schtehen brav zum Chrischtetum.
Wann des net wär – verlosst eich druff,
do gingen uns die Aage uff.

Drum lewe noch de chrischtlich Lehr,
des is jo ach nett all zu schwer
un bischt am End ach nett de Dumme
un kannscht mol in de Himmel kumme.
Zumindescht schpricht do nix degeche,
ich will zwar do nix groß verschpreche,
ich wääß nett meh do wie de Papscht,
doch wichtig is – wann dodraa glaabscht
un muscht mol in die Höll doch nei,
dann werd was dumm geloffe sei,
doch hoscht – ach wann halt dort mol bischt,
e gutes Lewe g´hatt – als Chrischt.

Die Schöpfung

Als Gott dereinst den Mensch erschaffen,
aus Lehm – im Umweg über Affen,
war sein Gedanke allgemein,
er soll sein Bild und Gleichnis sein.

Er sprach auch gleich von Anfang an:
“Mach dir die Erde untertan!“
Und gab ihm dann als nächsten Schritt,
dazu auch den Verstand gleich mit.

Als dann das erste Menschenpaar,
ihm recht bald ungehorsam war,
indem sie permanent gesündigt,
hat er das Paradies gekündigt,
so standen sie nun auf der Welt,
ganz ohne Fürsorg´ – ohne Geld.
Und Eva sprach:„Fang einfach an,
mach dir die Erde untertan!“

Weil nun ein Mann nur selten wagt,
das nicht zu tun – was Frau ihm sagt,
da folgte Adam ihrem Wort,
so ging das lange Jahre fort.
Indem die Erde Früchte brachte
und so das Leben möglich machte.

Doch wurd der Mensch bald übermütig,
zwar ist der Herrgott schon recht gütig,
doch war er bald so voll Verdruss,
dass er ´ne Sintflut schicken muss.

Es hatte aber wenig Zweck,
kaum war das Wasser wieder weg,

war alles wieder wie es war,
womöglich ja noch schlimmer gar.
Man sündigte in einer Tour,
denkt an Sodom – Gomorra nur.

Er schickte drum so manchen Fluch,
doch machte dann er den Versuch,
schickt seinen Sohn – er hat nur einen,
gibt der sich Müh´- so tut er meinen,
dann kann dem Junior es gelingen,
die Bande zur Räson zu bringen.

Der Sohn der brachte gute Lehren
um alle Menschen zu bekehren.

Doch Undank ist der Welten Lohn,
er kam nicht auf den Königsthron,
sie schlugen ihn an´s Kreuz – die Deppen
und ließen ihn ´s noch selber schleppen.
Und so ein Kreuz ist wirklich schwer,
nun ist das schon ´ne Weile her,
doch sind die Menschen noch nicht bräver
und Gott – geduldig wie ein Schäfer,
der ließ zweitausend Jahr vergehen,
um sich die Sache anzusehen.

Doch durch der Menschen große Schuld,
da reißt ihm langsam die Geduld,
mit Güte ist nichts zu erreichen,
man achtet nicht auf seine Zeichen.

„Macht euch die Erde untertan“
Ja – so ein Spruch ist schnell getan,
doch sowas kann doch nicht bedeuten,
die Erde kräftig auszubeuten.
Dass da der Herrgott ständig flucht
und langsam einen Prügel sucht,
um damit kräftig dreinzuschlagen,
das muss doch der Verstand euch sagen.

Die Erde – die ihr so genießt,
die ist nicht euch, die ist geleast
und irgendwann kann es so kommen:
Sie wird euch einfach weggenommen.
Der Herrgott kündigt den Vertrag,
das wäre dann der letzte Tag.

Macht euch die Erde untertan,
doch sägt und hämmert nicht daran,
weil sie daran vielleicht zerbricht,
übt ab und zu auch mal Verzicht,
tut sie an wunden Punkten schonen,
dann kann man lang noch auf ihr wohnen.

Müllentsorgung

In jedem Haus gibt ´s emol Müll,
mol wennich – mol in Hüll un Füll,
denn mer – un zwar gewissenhaft,
als trennt – un aus em Haus dann schafft.

´s gibt Müll – denn mer noch brauche kann,
doch gibt ´s halt ach mol irgendwann,
en Müll – jetzt simmer emol ehrlich,
der is for unser Umwelt g´fährlich.
Un denk als manchmol dodebei:
Atommüll könnt so ebbes sei.

Doch wären des jo dumme Bosse,
denn Müll jetzt efach ligge losse,
nee – hott mer jetz mol vun dem Dreck,
do hilft bloos ehns noch: Er muss weg.

Des is doch ganz leicht eizusehe,
doch ´s gibt aach – die des net verschtehe,
duht sich beim Müll dann was bewege,
dann sinn die radikal degege.

Gut is jo – wammer demonschtriert,
dass mer so Müll net produziert,
doch wammern hott, hilft doch kee Fluche,
do muss mer noch ´re Lösung suche,

do hott mer doch vor alle Dinge,
des Dreckzeig aus em Haus zu bringe.

Do setzt´s bei meer im Kopp jetzt aus,
hoscht g´fährlich Dreckzeig in deim Haus
un hinnerscht lautschtark un recht schtur,
beim Abtransport die Müllabfuhr,
do werd sich des Problem – des böse,
ganz sicherlich dodurch net löse.

Obwohl – un des dürft jeder wisse:
E Lösung werd mer finne müsse,
weil schunnscht, aach des wääß jedermann,
mer leicht im Dreck verschticke kann.
Des is – was mer bedenke soll,
is mol die Schadschtoffmülltonn voll.
Un was ach der bedenke sollt,
der jo denn Dreck garnet gewollt.

Dann hääßt ´s erscht recht sich drum bemühe,
gemeinsam an ehm Schtrang zu ziehe.

Volksverterter

Im Bundesdag – do war´n Debatte,
es ging um hunnerte Milljarde,
doch können sich die hohe Herre,
im Parlament net ehnich werre.

Wann enner mol was G´scheites wääß,
schunn haltens Annere for Kääs
un bringen die mol ebbes raus,
do lacht de Anner ´se glei aus.
Enn jeder hott e anner Ziel:
Ich sag ´s eich mol, wie ich mich fühl.
Ich kumm mer wie vor viele Johr,
als Kind im Kinnergarte vor.

Do backt im Sandkaschte mer Kuche,
aus Sand – der war net zu versuche,
er war zum esse viel zu drucke,
doch war er ganz schöö a´zugugge.

Henn denn jetzt annre Kinner g´sehne,
do duen die sofort dann mehne:
„Dein Kuche – der is doch zum Lache!“
Un suchen ´nen kaputt zu mache.

Backen aus Sand dann selwer enner,
vielleicht mol größer – oder klenner,
schunn hott mer die dann ausgelacht
un hott ehrn Kuche mies gemacht.

Ganz klar – hoscht schunnscht nix uff de Hand,
als wie e Form – un bissel Sand,
do geht des schtets uff ´s Gleiche naus:
Do werd kenn gute Kuche draus.

Un trotzdem gibt ´s dodrüwwer Schtreit,
die Ursach is do schtets de Neid.
Doch fehlt´s de Kinner dort im Sand,
nadierlich jo noch an Verschtand.

Ja – sollten dann nett Dame, Herre,
beim älder werre g´scheiter werre?

De moderne Weg zum Milljonär

An arg viel Geld – des is des schööne,
kann sich en Mensch jo leicht gewöhne,
drum halt er es ach meischt for gut,
wanner zu viel Geld kumme duht.

Eh Möglichkeit – so denken Viele,
des is beim Lotto mitzuschpiele,
des bringt viel Geld – was jo dann gut,
doch selte dem der Schpiele duht.

Beliebt is Erwe – ehrlich g´saat,
or ach e günschtig Heierat,
doch do kannscht die Betroffene frogge,
ach selle Wege – henn ehr Hooge.

Gut wär ´s en Vorschtand wu zu sei,
des bringt jo meischtens ebbes ei,

doch des – des muss mer halt verschtehe
un mit Schaffe duht´s zu langsam gehe.

In jeder Supp find mer e Hoor
un jeder Weg - ´s is leider wohr,
bei dem versuchscht an Geld zu kumme,
ob grade Wege – oder krumme,
ganz sicher kann der niemols sei
un des sieht ach de Schtaat jetzt ei,
macht drum – was fascht Tradition:
Vun Zeit zu Zeit ee Inflation.

Des macht nadierlich ebbes her,
do is schnell jeder Milljonär
un jeder hott – was er jo will
un des is Geld in Hüll un Füll.

Ja – unsern liewe Vatter Schtaat,
der sorgt for uns – ganz offe g´saat.
Un wer jetzt mehnt – des wär net wohr,
der waart emol noch e paar Johr,
dann werd er ´s merke – sicherlich,
de Schtaat losst uns doch nett im Schtich.

Die Reichtumswünsche – all die Viele,
all die Versuch – beim Lotto schpiele,
es Suche noch ´re reiche Fraa,
uff Erbschaft hoffe schließlich aa

´s sich eizudääle – un zu schpare,
is ach net immer jo des Wahre.
Des alles bringt kaum eh Milljon,
doch bei ´re gute Inflation,
dann kammer – ohne viel Bemühe,
am End sogar Milljarde kriehe.
Jedoch de Schtaat werd ach verflucht,
wann Wünsch´ er zu erfülle sucht
wu jeder krieht – was er gern möcht:
mer macht´s halt selte jedem recht!

Zu guder Ledscht

Zuledscht do will ich noch was wage
un zu meim Lewe ebbes sage:
Mein Schtern – des is doch wohl kee Frooch,
schtand jo vun A´fang net graad hoch.
Gebore in ´re Zeit ´re miese,
die neunezwanzicher Wirtschaftskrise.
Do gab ´s jo beinah bloos Verlierer
und dann – dann kam der große Führer,
der großie Hoffnung jo erweckt,
bis alles in de Kakke schteckt.

Do gab ´s e allgemeinie Not,
ja oftmols kaum e Schtückel Brot
un zu de Zeite – denne schlechte,
do gab ´s jo üwwerhaupt kee Rechte,

´s gab Ausgangsschperre – in de Nacht,
diktiert vun de Besatzungsmacht,
uff Ämter herrscht en rauhe Ton,
lang schaffe, dofor wennich Lohn
un hott mer mol die ganz Woch g´schpaart,
langt ´s sunndags als for ´s Kino graad.
Un des oft in de hinnerscht Reih´,
doch war e Mädsche mit debei,
do hott des weiter jo nett g´schtöört,
mer hott nix g´sehe un nix g´höört.

Zum Eitrittsgeld – wer werd´s noch wisse,
hott e Schtück Holz mer bringe müsse,
weil schließlich schunnscht de Kinomann,
denn große Saal nett heize kann.

Allmählich – was jo nett verkehrt,
werd ´s Geld dann widder ebbes wert,
doch war ach der Troscht ziemlich matt,
dann Geld – des hott mer jo kaum g´hatt.
Dank paar politisch g´scheiter Herre,
do duht ´s allmählich besser werre.
Jetzt kamen jo dann gute Zeite,
doch war mer ach nett zu beneide,
denn widder war des nett es Wahre,
wannd´ebbes wollscht – hääßt ´s erscht mol schpaare.

Dobei hott mer noch schpaare wolle,
dass ´s Kinner besser hawwe solle,
so leiert sich es Lewe hie,
dann zwickt ´s zum Erschtemol im Knie,
dann merkscht – beim Wasser abzuschlache:
Es duht sich was bemerkbar mache.
Do geht mer halt in ´s Krankehaus,
dort howwelt mer dann ebbes raus
un setzt dich noch mit Vorschläg voll,
was künftig mer nett esse soll
un soll verschpreche – u´bedingt,
dass künftig mer fascht nix meh trinkt.
Dobei – do werd mer noch belehrt,
bloos Wei zu trinke wär verkehrt,
es Wasser is em noch zu gönne,
do braucht mer Grenze nett zu kenne.

Ganz plötzlich krieht mer dann sei Rente,
allmählich geht dei Zeit zu Ende,
Des Zwicke – erscht mol bloos im Knie,
des zieht in Richtung Hüfte hie,
dann meld sich halt ach noch de Mage,
mer kann nett alles meh vertrage
un kriegt – bei kleegedruckte Seite,
allmählich e paar Schwierigkeite.

So langsam – was jo fascht noch schönner,
do werd sogar dei Auto klenner

un des kann garnet annerscht sei,
mer kummt jo bloos noch schwierig nei.

Do wär noch vieles uffzuzähle,
schunn duen ach Gedanke fehle,
vor allem duht mer unnerdesse,
ach e paar Name noch vergesse.
Wie häâßt dann der – ich sag der ´s glei,
doch nee – es fallt der halt nett ei.

Noch manches wär do uffzuschreiwe,
doch loss ich des jetzt liewer bleiwe,
obwohl ehr des ach wisse sollt,
doch was ich do noch schreiwe wollt,
des kummt mer – wann ich ehrlich bin,
jetzt leider nimmie in de Sinn.
´s könnt sei – wammer mol achtzig werd,
is mer e bisselsche verwerrt.
Doch ´s is mer eigentlich egal,
dann schließlich is des jo normal,
obwohl mer – was jo dann ach gut,
es selwer garnet merke duht.
Drum wääß mer oft ach nix devun,
jedoch die Annre merkens schunn.
Wo sich jedoch kenn Ärger lohnt,
die bleiwen ach mol nett verschont.

In eigener Sache

Ich hab – was oft nett ganz so leicht,
an dem Dag achtzich Johr erreicht,
an dem des Buch erschiene is,
ob noch ehns kummt – is u´gewiss.
Dann ob mer jung is – oder ald,
selbscht hott mer ´s nett in de Gewalt.
In sofern kammer do bloos hoffe,
es is noch immer alles offe.

Im Rückblick kummen mei achtzich Johr,
meer korz – un recht erfolgreich vor,
doch blick ich ehrlich jetzt zurück,
lag ´s nett an meer - ´s lag an meim Glück.

Mein Schtandpunkt – G´sundheit is nett wichtig,
des zeigt mei Lewe – der is richtig,
erscht Asthma – wie ich noch en Buu.
´s kam Scharlach – Diphtherie dezu,
´s nei Hüftgelenk – des kam dann schpäter,
doch so was hott jo heit fascht jeder,
en Bandworm hab ich ach ernährt,
bin trotzdem jo recht u´versehrt.
An was hott ´s also jetzt gelege?
Ganz klar – am Glück – Sprich: Gottes Sege.
Un bleib ich noch e Kind des Glück´s
Dann frää ich mich – schunnscht will ich nix!

Nachwort

Üblicherweis ist ein Nachwort, die Entschuldigung dafür, dass man schon wieder mal ein Buch – wenn auch ein kleines – auf den ohnehin überladenen Buchmarkt gebracht hat.

Verzeiht mir also.

Noch etwas ist hier zu berichten:
In meinem Buch „Dumm geloffe“ habe ich ein Gedicht abgedruckt vom
Unkel in der Weißblechdos,
mit der Hoffnung auf diesem Weg den Autor zu finden und ihm seine zustehende Ehre zu erweisen.

Es ist mir gelungen:
Sein Name: Ludwig Schwarztrauber geb. 1903,
aus Mussbach an der Weinstraße
der auch weitere Mundartgedichte verfasste.

Ich danke den Informaten.